Stéphane Hessel est né à Berlin en 1917. Normalien, résistant, déporté, il a été diplomate – en poste à New York, à Saigon, à Alger, à Genève. Proche collaborateur de Pierre Mendès France, de Pierre Abelin, de Michel Rocard, il a été membre de la Haute Autorité de la communication audiovisuelle (1982-1985) et du Haut Conseil de l'intégration (1990-1993) et a représenté la France à la Conférence mondiale de Vienne pour les droits de l'homme en 1993.

DU MÊME AUTEUR

Danse avec le siècle
Seuil, 1997 et 2007
et « Points », n° P2622

Dix pas dans le nouveau siècle
Seuil, 2002

Indignez-vous !
Éditions Indigène, 2010

Citoyens sans frontières
Conversations avec Jean-Michel Helvig
Pluriel, 2011

Stéphane Hessel

Ô MA MÉMOIRE

La poésie, ma nécessité

Éditions du Seuil

ISBN 978-2-7578-2364-4
(ISBN 978-2-02-087393-2, 1re publication)

La poésie, ma nécessité

Mon beau navire ô ma mémoire
Avons-nous assez navigué

Guillaume Apollinaire

Quatre-vingt-huit. 88. Chiffres doubles dont chacun, placé horizontalement, figure la plus implacable des apories : l'infini. Je les perçois aujourd'hui comme un appel, puisqu'ils correspondent au cap que je viens de franchir, celui de mes quatre-vingt-huit ans.

Il est temps de m'interroger sur ce qui vit en moi de plus significatif. Sur ce qui, par-delà mes engagements biographiques liés aux circonstances de l'histoire, à la profession de diplomate, à ce sentiment de responsabilité pour un monde en péril, constitue le fond de ma confiance en moi : le goût de la poésie.

Il s'agit bien d'un goût, non d'une œuvre. Attirance pour les poèmes des autres, pour tous ceux que j'ai appris, qui enrichissent ma mémoire, que je retrouve avec un plaisir toujours neuf, que j'ai hâte de me réciter à moi-même pour scander les étapes de mes journées ou de réciter aux autres, avec la fierté de les savoir par cœur et la hantise d'en avoir oublié un mot, un vers, une strophe.

Ainsi le désir est né en moi, à la fois brusque et impérieux comme tout vrai désir, mais ensuite hésitant et intimidé, de communiquer à d'improbables lecteurs ma longue expérience de l'émotion poétique et aussi la sorte de liberté que cette émotion distille lorsque l'on atteint le seuil de la mort.

Car au goût de la poésie s'est associé en moi celui de la mort, comme de l'expérience suprême de la vie, non pour la fuir, mais pour l'accomplir, de même que l'on va sans angoisse, mais au contraire avec gratitude, jusqu'au terme d'une œuvre où figure comme dernier mot le mot « fin ».

Je possède trois langues, le français, l'anglais et l'allemand. Il y a dans ma mémoire une centaine d'œuvres écrites dans l'une ou l'autre de ces trois langues par une trentaine de poètes. J'en ai choisi quatre-vingt-huit qui figureront dans la deuxième partie de ce livre. Européen à la culture trilingue, je propose à mes semblables de les accueillir sans avoir besoin de traducteur ni de guide. Aux autres, purs francophones, sont destinées les correspondances, en troisième partie de ce volume.

Ici, mon projet est de parcourir avec eux toutes les étapes d'une vie dont ces poèmes ont été la plus nécessaire des ressources.

Leur accumulation dans une mémoire très sélective a commencé il y a plus de quatre-vingt-cinq ans et se poursuit encore, c'est là ma joie et mon privilège. Mais il est temps d'en tirer profit. J'ai voulu un moment prendre pour titre ou pour sous-titre « La poésie au seuil de la mort », non pour effrayer mais au contraire pour rassurer mes lecteurs : il s'agit d'un seuil accueillant !

Et d'entrée de jeu – expression très française dont je cherche en vain l'équivalent dans mes deux autres langues – j'ai voulu interroger ce mot de « seuil », réalité troublante et nostalgique, qui se dit en allemand *Schwelle* et en anglais *threshold*. En français c'est un lieu, un moment d'accueil, où l'on se sent protégé et presque retenu. En allemand c'est un mouvement, un pas d'abord vers le haut puis vers le bas, un franchissement. En anglais c'est une forte poussée en avant qui sera reçue de l'autre côté et retenue avec soin.

Né à Berlin au cœur de la Première Guerre mondiale d'un père écrivain, traducteur, poète, d'une mère de lignée prussienne, j'y ai vécu les sept premières années de ma vie. De l'un et de l'autre les flux poétiques m'ont envahi très jeune. Franz avait consacré toute sa jeunesse aux Muses. Il avait pu, grâce à la fortune d'une famille d'origine juive polonaise établie en Allemagne depuis le milieu du XIXe siècle, mener la vie d'un amoureux des poètes, de Stefan George à Munich, de Guillaume Apollinaire à Paris, où il avait rencontré ma mère en 1910. Il ne s'était pas intéressé à la culture juive à laquelle sa famille avait appartenu, mais dont, comme beaucoup de ses pareilles, elle n'avait pas imprégné ses enfants, baptisés et germanisés. La religion de mon père était la Grèce antique et il me lisait sa traduction de l'*Odyssée* pour tester sur l'oreille d'un bébé de deux ans l'impact de sa description d'Ulysse éborgnant Polyphème. Ai-je vraiment vomi, comme le veut la légende familiale ?

Helen, amoureuse de la langue anglaise parlée par une partie de sa famille, éprise en particulier d'Edgar Allan Poe, me fit apprendre par cœur le court poème qui porte son nom : « Helen » **[39]** [1]. Ni Hélène, ni Helena, c'est ainsi qu'elle a toujours orthographié son prénom pour prendre des distances avec sa famille bourgeoise, traditionaliste aux générations précédentes, celles qui, au XIXe siècle, avaient donné des architectes aux rois de Prusse et aux empereurs d'Allemagne. *Königliche und Kaiserliche.* Inutile de préciser que j'ai récité ces quinze

1. Les chiffres entre crochets renvoient au numéro du poème dans la Trilingologie poétique et, le cas échéant, à sa traduction dans la dernière partie de ce livre.

vers juvéniles et pathétiques de Poe de façon purement auditive sans encore en comprendre le sens.

L'épisode des relations de Franz et de Helen en triangle avec leur ami, l'écrivain français Henri Pierre Roché, dont celui-ci a tiré un roman et Truffaut un film, devait inciter mes parents à s'installer à Paris en 1924. J'avais sept ans, ne connaissais pas un mot de français, mais avais déjà la mémoire chargée de toute une gamme de poèmes allemands, appris moins à l'école qu'à la maison, en partage et en rivalité avec mon frère aîné, Ulrich, angélique de patience envers son cadet turbulent. Notre père dirigeait une revue où il publiait notamment les poèmes d'un de ses jeunes amis, Rudolf Borchardt. La revue s'appelait *Vers und Prosa* et le poème qui s'est profondément incrusté dans ma mémoire, qui y occupe encore une place privilégiée, est intitulé « Melusine » [**75**]. Parmi les poètes favoris de mon père dont les vers peuplaient déjà notre mémoire il y avait plus de place pour Brentano, Arnim, Platen, Morgenstern, Hölderlin, Hofmannsthal et Rilke, que pour Goethe, Schiller et même Heine, jugés sans doute trop scolaires.

J'abordai donc l'école communale de Fontenay-aux-Roses avec l'allégresse d'un petit Berlinois rendu amoureux de la France par les trois côtés du triangle familial, et je n'eus de cesse que d'engranger, dans cette mémoire déjà chargée et fière de sa capacité d'accueil, les fables de La Fontaine et les ballades de François Villon. Aujourd'hui je m'aperçois que plus ces vers allemands et français ont séjourné longtemps dans ma mémoire, plus j'ai plaisir, plus j'éprouve d'émotion à aller les y chercher et à les y retrouver intacts.

J'ai plus de mal à y faire place à un court poème découvert il y a moins de dix ans en feuilletant l'édition – bien tardive – des œuvres complètes de mon père. Je ne connaissais pas son œuvre poétique. Elle n'était pas valorisée dans notre famille où il passait d'abord et avant tout pour un remarquable traducteur en langue allemande des grands écrivains français : Balzac, Marcel Proust, Albert Cohen, Julien Green, Jules Romains, Baudelaire. Ses romans, ses nouvelles lui avaient valu une place dans les lettres des années vingt comme *Meister der kleinen Form*, maître de la forme brève, hommage ambigu qui n'a permis que bien après sa mort, à Sanary-sur-Mer en 1941 à l'âge de soixante ans, au remarquable germaniste Bernd Witte de lui rendre sa place d'écrivain et de poète. C'est donc plus de cinquante ans après sa mort que j'ai appris par cœur « Rotes Laub » [**76**], qui figure dans le cinquième volume des œuvres intitulé *Lyrik und Dramatik*. En voici les quatre derniers vers qui m'amènent à identifier à l'automne – saison poétique par excellence – ce père trop mal connu :

Nun streut der Herbst mir Blätter auf die Schwelle
Wie hast Du dir, in Qual und Pracht

Wie hast Du uns, schwermütiger Geselle
Das arme Ende bunt gemacht ?

Nul doute que si j'ai tout de suite appris par cœur les huit vers de ce poème que vous trouverez dans la « Trilingologie poétique », en deuxième partie de mon livre, c'est d'abord par affection filiale. Mais c'est aussi parce que j'y trouve cette pointe d'émoi dont j'ai appris le sens en lisant *La Chambre claire* de Roland Barthes. Dans cette étude, lumineuse au sens propre du terme, que Barthes consacre à la photographie, il introduit une distinction qui m'est devenue précieuse : il traite de la manière dont des photographies sont regardées. D'abord comme on consulte un document. Cette façon de regarder, il l'appelle « studium ». Puis un détail arrête le regard et met en contact l'œil et le cœur. Cela, il l'appelle « punctum ». Cette photo, cette facette de la photo, le « point », elle est « poignante ».

Cette expérience s'applique à mes contacts avec la poésie. Par exemple, lorsque je feuillette une anthologie ou un volume contenant l'œuvre d'un poète, je suis capable de lire assez longtemps et avec un vrai plaisir. Mais le besoin d'apprendre par cœur ne survient qu'exceptionnellement. Et lorsqu'il survient, ce n'est pas, en général, le poème dans son ensemble qui le déclenche, mais la lecture d'un ou deux vers, d'une strophe ou même seulement le choc de quelques syllabes. Alors, comme dit Barthes, je suis « point ».

Dans le court poème de mon père, la juxtaposition du mot *Schwelle* et de *schwermütiger Geselle*, qui lui apporte la rime décisive, fait pour moi jaillir l'étincelle et teint en rouge la venue de l'automne, l'approche de la mort. Et puis aucun adjectif ne convient mieux à mon père dans l'image que j'ai de lui que celui qu'il attribue à l'automne : *schwermütig*, littéralement « d'humeur lourde », moins négatif que « mélancolique », à vrai dire intraduisible et pourtant bien propre à caractériser ce que j'ai vécu de Franz de plus paternel, antidote à l'enthousiasme maternel, antidote précieux pour les combiner dans l'émotion poétique.

J'ai ressenti le même besoin de retenir et de réciter ce poème d'Edgar Poe qui porte le prénom de ma mère et qu'elle m'avait fait apprendre avant que je ne sache l'anglais, lorsque je l'ai retrouvé quelques années plus tard. J'en ai accueilli avec ferveur chacune des images et, plus encore, certaines des sonorités propres à la langue anglaise, comme par exemple à l'avant-dernier vers de la première strophe :

The weary, way-worn wanderer
[Le voyageur lassé, usé par la route].

Mais aussi le vers invraisemblable entre tous de la part d'un adolescent :

On desperate seas long wont to roam.

Ce garçon de seize ans a parcouru longuement des mers sans espoir !

Le thème de ces quinze vers est l'un des plus fondamentaux de la poésie lyrique : la beauté d'une femme hypostasiée, comme investie d'un rôle en tant que telle dans l'imaginaire du poète – *thy beauty is to me*. Ce qui met le poète en relation avec les navires d'autrefois, ce qui pour lui évoque la gloire de la Grèce et la grandeur romaine, c'est la beauté toute particulière de cette figure féminine, avant même de l'avoir rencontrée, cette forme dans cette niche qui, au-delà de la chevelure, du visage, de l'allure de nymphe des eaux, symbolise pour lui l'âme et sa parenté avec la Terre sainte.

Pour moi, la source de mon émotion à héberger sans défaillance ces vers dans ma mémoire est plurielle. C'est ma mère Helen qui me les a d'abord appris, figure également hypostasiée. C'est enfant que je les ai engrangés, c'est un tout jeune adolescent qui les a composés. Et, les sachant par cœur, j'ai poussé plus loin, j'ai fait entrer dans ma mémoire, sans encore en comprendre tout à fait le sens, le plus célèbre des poèmes de Poe, « The Raven », « Le Corbeau » [**40**].

Bien des années plus tard, je suis tombé sur l'essai dans lequel Poe décrit la façon dont il a « manufacturé » ce poème, choisi les situations les plus propres à susciter la compassion, écartant les plus banales, ne retenant que les plus « troublantes », détectant les réitérations les plus obsédantes, le refrain le plus hautain, le tout sans faire appel à autre chose qu'au froid calcul, comme pour une énigme policière. J'y ai reconnu l'amère ironie de ce personnage bizarre. Je ne lui ai pas fait confiance. Non. Il n'a pas composé « Le Corbeau » en cynique, mais en amant désespérément passionné.

Fasciné par ce poète dont le nom est fait des trois premières lettres du mot *poésie*, j'ai appris ses poèmes par cœur avant d'avoir lu sa biographie, qui est tragique. A-t-elle approfondi encore le lien qui me relie à lui ? Faut-il connaître sur un poète autre chose que ses vers ? Trop d'érudition altère-t-elle l'émotion ?

« Le Corbeau » me rappelle surtout les nuits sans sommeil dans le petit camp de concentration de Rottleberode dans le Harz où j'ai été enfermé de novembre 1944 à février 1945. Les bat-flanc où nous étions couchés à deux, parfois à trois, n'étaient pas propices à l'endormissement. Il fallait éviter de bouger, ne pas bousculer un voisin mort de fatigue et irritable, apprendre à dormir immobile sur le dos. Aucun poème ne m'a mieux aidé, dans cette position, que « Le Corbeau » dont les vers de huit pieds, en strophes symétriques, s'écoulent sans grand effort de mémoire et dont le refrain *Nevermore*, qui a troublé Baudelaire et inspiré Mallarmé, peut faire émerger une forme de sérénité qui s'apparente au sommeil et en remplace les bienfaits.

Peu après la guerre, j'ai lu son « poème métaphysique en prose » avec le superbe titre *Eureka* et le commentaire qu'en a écrit Paul Valéry, qui me semble rendre au plus juste la fin que Poe s'est assignée dans cette œuvre unique : « L'instinct poétique doit nous conduire aveuglément à la vérité. » Guère moins que « Le Corbeau » d'Edgar Poe, « Le Cimetière marin » de Valéry [**65**], également harmonieux dans le déroulement de ses strophes, a joué pour moi ce merveilleux rôle d'« assoupisseur » dans les baraques glaciales de Buchenwald, Schönebeck, Rottleberode et Dora.

Poésie et sensualité : *Sei nicht so sinnlich*, me disait Helen lorsqu'elle me voyait serrer mon pouce au creux de ma paume. « Ne sois pas si sensuel. » Je ne comprenais pas bien, mais j'y voyais plutôt un encouragement : le message d'une mère qui aimait à serrer son fils dans ses bras n'était-il pas une antiphrase ? Elle n'a pas manqué, en tout cas, de développer en moi le goût de la poésie la plus sensuelle. Car si la poésie est immatérielle, elle a partie liée avec Éros au moins autant qu'avec Apollon, pour aimanter l'appel à chacune des Muses.

Ayant commencé cette étude mnémonique par les quinze vers de Poe, vers d'un tout jeune homme adressés à une jeune inconnue, j'ai donc envie de poursuivre par la formule inverse, celle où une femme interpelle son amant, le long poème de Borchardt qui s'intitule « Melusine » [**75**], que je n'ai jamais cessé de faire revenir entre mes lèvres depuis l'âge où il a représenté pour moi une initiation à l'amour le plus sensuel.

Rien de plus excitant pour un garçon de douze ans que cet érotisme froid et cette revendication de l'assouvir sans avoir à répondre à la passion de l'âme. De tous les vers où la nymphe se défend de frustrer son amant, Guy de Lusignan, ceux qui me font encore fantasmer aujourd'hui sont :

Wo tiefer Dich zu kühlen
In mir verspart ich Dir den wildren Schoss
Als diesen schwühlen ?

En français on dirait : je ne t'ai refusé, pour t'y rafraîchir, nul sein plus profond que celui, fiévreux, où je t'accueille. Bien insatisfaisante traduction ! surtout pour le mot *Schoss*, qui est bien plus sensuel que « sein ».

Ayant récité « Melusine » jusqu'à son dernier vers : *Ich habe keine Seele*, aveu définitif de l'érotisme pur, je fais surgir en moi certains des vers les plus voluptueusement récitables de Charles Baudelaire, comme « À une Madone » [**46**], « Le Balcon » [**45**] ou « Le Beau Navire » [**49**].

Où situer la rencontre entre *homo sapiens* et la poésie ?

Ce qui distingue notre espèce des autres espèces vivantes connues, c'est, selon mon ami Michael Gibson, anthropologue raffiné, notre recherche d'une fin et non plus seulement de causes, notre incurable téléonomie. Caractéristique subtile et contraignante. La croissance du cerveau, la prodigieuse prolifération des neurones et des synapses qui y constituent leurs infinis ballets, font de ce vivant un être de pensée tourné vers le sens. À sa présence éphémère sur terre, il va donner un but et une signification. Et qui dépassent son existence personnelle, engagent ceux d'avant et ceux d'après, rendent pertinente la construction de tombes pour les morts, ajoutent une nouvelle dimension au discours.

Au commencement, dit l'Évangile, était le Verbe. Avant lui, s'il existe un avant pour nos ancêtres, les échanges à l'intérieur du groupe se faisaient par cris ou par gestes. Le verbe émerge, mystérieux, du besoin d'affiner, mais aussi de stabiliser la communication. Il impose sa règle, permet de nommer les êtres et les choses, de donner valeur et sens aux vivants et aux morts, à ceux que Valéry dans l'une des plus fortes strophes du « Cimetière marin » appelle :

Pères profonds, têtes inhabitées,
Qui sous le poids de tant de pelletées,
Êtes la terre et confondez nos pas.

Non seulement le verbe distingue ceux qui l'ont de ceux qui ne l'ont pas encore, mais à l'intérieur de chaque groupe, ceux qui en ont la maîtrise de ceux qui bafouillent, qui parlent mal ou qui parlent autrement, les Autres, donc les Barbares. Ce mot grec sonne comme une voix incompréhensible, un charabia.

Ceux qui se sont rendus maîtres du verbe, du discours, sont les dominants. Ils imposent ce verbe, leur verbe, dès leurs premières années aux enfants du groupe. Il va servir de passeport à leur entrée dans la vie commune.

Mais vont s'en servir aussi ceux qui n'acceptent pas la maîtrise des dominants ou qui la soumettent au doute. Les poètes sont les premiers contestataires et les récits qu'ils forment avec les mêmes mots dans la même langue se réclament d'une réalité antérieure, supérieure, qui remet à leur place les puissants du jour.

Ainsi se superposent dans chaque société humaine les mots de la langue commune, asservis par la règle imposée, et les mots du mythe, auxquels les puissants vont être contraints de se référer, même si ces mots les contestent et relativisent leur autorité. Et ces mots-là sont créateurs d'un « imaginaire » lesté de magie, où le son enchante et fait résonner au cœur de la langue commune ce qu'elle véhicule aussi – et peut-être depuis toujours –, à côté de son usage quotidien, de mystérieux et d'enthousiasmant.

L'enthousiasme, l'éblouissement par le divin, définit l'effet recherché par le verbe poétique, justement par le signe qu'il fait à ce que la société n'a pas conservé de son « aura » originelle. En flattant à la fois l'oreille et la vue, le poète soustrait ceux qui l'écoutent – et si c'est un récitant ceux qui le regardent – aux contraintes de l'ordre établi.

Cette mission, nous sentons bien qu'elle a été portée par les textes fondamentaux, jamais explicites, souvent ambivalents, voire polyvalents, des grandes religions, par la Bible, les Évangiles, le Coran, mais aussi par Hésiode et Homère, par les épopées de Mésopotamie, de Perse, de Géorgie, d'Inde et de Chine, par *Gilgamesh*, le *Mahabharata*, le *Tao te King*.

Jadis ces textes étaient recueillis et retenus dans la mémoire des hommes de culture. Leur récitation faisait partie de la formation et de la configuration de leur esprit. Comme j'aurais voulu apprendre par cœur l'*Odyssée*, avoir non seulement ces récits mais les hexamètres eux-mêmes présents dans ma mémoire et pouvoir les en faire sortir à volonté ! Il ne m'en reste que les deux premiers :

Ἄνδρά μοι ἔννεπε, Μοῦσα, πολύτροπον, ὃς μάλα πολλὰ
πλάγχθη, ἐπεὶ Τροίης ἱερὸν πτολίεθρον ἔπερσε

ANDRA MOI ENNEPE, MOUSA, POLUTROPON OS MALA POLLA
PLANKTHE, EPEI TROIES IERON PTOLIETHRON EPERSE

« Muse, dis-moi le héros aux mille expédients, qui tant erra, quand sa ruse eut fait mettre à sac l'acropole sacrée de Troade. » (Le sens y est, mais la sonorité ?)

La figure de l'aède se situe, autant par l'amplitude des messages que par la musicalité de ses rythmes et de ses mètres, au sommet de la hiérarchie poétique dans la culture méditerranéenne dont je me sens l'héritier. Aristote dans sa *Poétique*, Platon dans sa *République* lui accordent la première place, juste avant la tragédie et bien avant la poésie lyrique. Et pourtant Sapho et Alcée ont rivalisé pour faire de Lesbos la crèche sublime des mètres lyriques. Pindare et Anacréon se sont vu élever des statues à Thèbes et à Athènes.

Dans le monde celtique, la poésie est plus souveraine encore. J'en ai franchi le seuil, et avec quelle gourmandise, à la lecture de Robert Graves, et de son livre initiatique, *La Déesse blanche*, découvert à l'âge de trente ans et qui est resté longtemps à mon chevet. Elle marque une étape importante dans mes relations avec cet espace spirituel où les mythes, les traditions religieuses, les symboles et les allégories nourrissent la poésie et se nourrissent d'elle. Graves m'a appris qu'en Irlande, jadis, les bardes avaient préséance sur les nobles, et que les ollaves, situés au sommet de la hiérarchie poétique, qu'ils atteignaient après de longues épreuves, imposaient leur autorité aux rois.

De lui, je tiens aussi la définition de l'émotion poétique la plus ambitieuse et peut-être la moins contestable. Elle prend appui sur la conjugaison du son et du sens, sur l'accomplissement du thème poétique par excellence et de sa mise en musique verbale : lorsque ces éléments sont réunis, l'auditeur est affecté d'un sentiment étrange, entre délice et horreur, dont l'effet purement physiologique a été détecté par un test pratiqué par A. E. Housman : à l'audition du poème, les poils se dressent-ils sur votre nuque [1] ?

Ne connaissant pas le gaélique, je n'ai pu vérifier l'exactitude de cette affirmation qu'en l'appliquant à un poète anglais, précurseur du romantisme, Samuel Taylor Coleridge, et à celui de ses poèmes que ma mémoire retient sans faiblir : « The Ballad of Kubla Khan » [**23**]. Eh bien, ça marche !

L'histoire de ce poème est belle et étrange. Le poète aurait fait une longue promenade dans la campagne écossaise qui lui était chère et se serait endormi au retour. Au réveil les vers seraient apparus sous sa plume, d'eux-mêmes, mais en partie seulement et sans que leur enchaînement lui paraisse crédible. L'ensemble s'est imposé à lui sans l'éclairer parfaitement sur son sens, mais il n'a pas touché à la juxtaposition d'images émouvantes : vers écrits sous la seule dictée de l'inspiration, quintessence des premiers envols du romantisme.

Deux femmes y sont évoquées : la première est la plaintive maîtresse du diable ; la deuxième, une demoiselle abyssine accompagnant son chant sur un tympanon, en

1. Robert Graves, *La Déesse blanche*, chap. I.

anglais *dulcimer*. L'un et l'autre de ces vocables font plaisir sur la langue du récitant.

Pour moi « Kubla Khan » est l'exemple rare d'un poème dont chaque vers est à retenir pour lui-même, tant il allie le son et le rythme à la pluralité des sens, tant il fait l'impasse sur tout ce qui est explicatif ou redondant. Ici j'éprouve, dès le premier vers, un « punctum » fort, selon la terminologie de Roland Barthes, et il ne me quitte plus tout au long du poème pour s'épanouir en fanfare dans les six derniers mots, si doux entre les lèvres, rendant si bien compte de l'élévation du poète : *And drunk the milk of paradise.* Ici les poils se dressent sur ma nuque. Bel exemple de l'écart entre le son et le sens : le *nk* et le *lk* ouvrent la porte du paradis ; en français « et bu le lait du paradis » reste en avant des lèvres.

Si je veux essayer de comprendre ce qui fait la singularité de ma relation avec la poésie, c'est à partir d'un tel exemple que je dois progresser. D'où vient l'impulsion à apprendre par cœur ? Est-ce du thème ? Je ne suis pas moins sensible qu'un autre à la nostalgie qui étreint l'âme au souvenir d'une jeune morte, à la mélancolie qui émane d'un amour irrémédiablement contrarié, pas même à l'effroi d'une violence prophétisée. Je peux souscrire à ce que dit Robert Graves sur l'unicité du thème poétique : « Les éléments du thème unique et infiniment variable, écrit-il, sont à rechercher dans certains mythes anciens qui, bien que manipulés pour être rendus conformes à chaque époque d'évolution religieuse, restent cependant constants dans leur contour général : il s'agit du Thème Unique de la Vie et de la Mort, la question de ce qui survit de l'être aimé. » Et Graves ajoute : « J'emploie le mot mythe au sens strict d'iconographie verbale, sans le sens dérogatoire de fiction absurde qu'il a acquis. »

Mais, à mon sens, la présence de ce thème n'est pas suffisante ni même nécessaire, si riches que soient les formes qu'il peut prendre. C'est dans la captation de ce thème par la prosodie, même si cette captation ne sollicite ma mémoire que dans quelques vers à l'intérieur de ce qui peut être un long poème, que se cristallisera mon désir : ici je veux apprendre par cœur.

Curieuse expression qui n'est commune qu'à deux de mes langues, l'anglais et le français : *to learn by heart*, apprendre par cœur. En allemand l'expression utilisée fait surgir une autre image : *auswendig lernen*. Le poème est rendu capable d'être récité, porté à l'extérieur. Ce qui compte, c'est le but à atteindre : la récitation. En français et en anglais, c'est l'incorporation, pour ne pas dire l'« incardiation ».

D'abord lire, puis apprendre, puis s'approprier, puis réciter. Et encore : se réciter à soi-même. À voix basse ? Dans un murmure ? À voix haute dans la solitude ? Puis réciter à d'autres : à un être aimé en guise d'appel ; à un groupe amical ; à un public attentif ou consentant ; à des interlocuteurs étrangers, pris par surprise. Ainsi m'est-il souvent arrivé, assis au restaurant, entendant un voisin de table parler allemand ou anglais, de me tourner vers lui pour lui dire dans sa langue : « Aimez-vous la poésie ? » et, sans attendre sa réponse, lui proposer un court poème de Hölderlin. Si c'est un Anglais, un sonnet de Shakespeare. Ça ne marche pas toujours. Il peut y avoir un recul : « Vous êtes acteur ? – Non, je suis un vieux diplomate qui aime votre langue. » Parfois il connaît le poème que je récite, mais c'est mieux s'il le découvre : vrai plaisir.

Je reviens à Coleridge et à « Kubla Khan ». J'ai tout de suite voulu le savoir par cœur. Pas des plus faciles. Chaque vers demande à être individuellement et durablement fixé dans la mémoire. S'il en manque ou en tremble un seul, le charme est rompu. Invité à Londres pour son anniversaire par John Le Carré, admirable maître de la langue anglaise, assis en face de lui dans un restaurant de Soho, je me suis enhardi à réciter « Kubla

Khan » et l'un des convives, un écrivain anglais qui s'appelle vraiment Shakespeare, a eu cette réaction gratifiante : « *It was word true* », juste au mot près. Il aimait lui aussi Coleridge. J'y vois un test mnémonique pour mon âge : lorsque je ne serai plus capable de réciter « Kubla Khan » sans un trou, il sera temps de tirer ma révérence.

La voilà donc, l'évocation de la mort. Jusqu'à quel point la poésie, lorsqu'elle l'évoque, lui donne-t-elle le statut qu'elle mérite : celui d'une présence qui encadre la vie ? Parce qu'elle rend hommage à la beauté, la poésie fait le pont entre la beauté et la mort.

Cette réflexion, je la dois à l'un des poètes favoris de ma mère, August Wilhelm von Platen dont le poème le plus connu s'appelle « Tristan » [**32**] et commence par ces deux vers :

Wer die Schönheit angeschaut mit Augen
Ist dem Tode schon anheimgegeben.

Quiconque a vu de ses yeux la beauté est déjà livré à la mort. La suite de ce poème donne à rêver. Platen est né en 1796, il est mort à trente-neuf ans ; j'ai appris par cœur quatre de ses poèmes, dans chacun desquels transparaît son goût pour les jeunes hommes. Des nombreux objectifs que ma mère s'était fixés pour son fils cadet, celui de lui faire partager un amour socratique n'a pas été atteint ; celui de lui faire aimer Platen, oui. J'ai donc engrangé dans ma mémoire ces quatre poèmes. Celui qui m'enthousiasme au sens propre du terme décrit la mort de Pindare, s'endormant au spectacle la joue posée sur le beau genou de son favori [**34**] ; celui-ci, voulant le réveiller, s'aperçoit qu'il a rejoint les dieux. Les deux autres poèmes de Platen [**33**], que j'ai aussi retenus pour ma « Trilingologie poétique », ont la forme de *gha-*

zals imités du persan, où les rimes sont tri- ou pentasyllabiques. Ce sont des bijoux : Goethe, si sévère pour les poètes de la génération suivant la sienne, a fait une exception pour Platen.

J'ai bien conscience qu'il est osé de commenter en français des poèmes de langue allemande ou anglaise, comme je tente de le faire. Même si le lecteur peut se reporter à unc traduction, si je veux qu'il partage mon émotion ce ne peut être qu'en prenant en compte au moins autant l'embouche de chaque vers que le sens du récit. Je l'incite donc à apprendre ces poésies par cœur, ce qui veut dire les inscrire dans les deux chambres de sa mémoire, la mentale et la corporelle. Est-ce lui en demander trop ?

Il est temps en tout cas d'aborder la poésie française : quel est donc le premier poète français qui a croisé le chemin du petit garçon berlinois débarqué à Fontenay-aux-Roses, à l'école communale, sous le regard bienveillant de l'instituteur, M. Pépin, dont il ne m'a fallu que peu de mois pour comprendre pourquoi mes camarades le surnommaient Pépin le Bref ? Eh bien, c'était le fabuliste La Fontaine.

Je ne garde que de bons souvenirs de ces premiers contacts avec les camarades de l'école communale. Si proche que fût encore la guerre, mon frère et moi n'avons été traités de « Boches » par personne et le français bien approximatif que nous parlions ne nous a valu aucun sarcasme. Ce que nous ramenions à la maison était le français des banlieues, mais d'une banlieue prospère où fleurissent les lilas et les marronniers. Fiers des progrès que nous faisions dans la prononciation de notre nouvel idiome (nous avons très vite cessé, Ulrich et moi, de parler allemand entre nous), nous récitions les fables de La Fontaine à nos parents admiratifs.

Parmi toutes celles que j'ai apprises, oubliées, sues à nouveau, chassées de ma mémoire, il y en a une au cœur de laquelle quatre vers me procurent un plaisir poétique intégral, c'est « L'Alouette et ses Petits avec le Maître d'un champ » [**16**]. Ces vers situent dans le cours de l'année le récit qui doit illustrer le plus ennuyeux des proverbes et le plus détestable – « ne t'attends qu'à toi seul ! » :

C'est-à-dire environ le temps
Que tout aime et que tout pullule dans le monde :
Monstres marins au fond de l'onde,
Tigres dans les forêts, alouettes aux champs.

La démonstration qui donne sa force à la fable et nous met en demeure de ne faire confiance à personne se conclut par ces trois vers superbement lafontainiens :

Et les petits, en même temps,
Voletants, se culebutants,
Délogèrent tous sans trompette.

Ensuite, élève studieux, voire ambitieux, à l'École alsacienne, où ses amis français avaient conseillé à ma mère d'inscrire ses deux fils, j'ai abordé comme il sied, dans l'ordre chronologique, les trésors de la littérature française, à commencer par François Villon. De lui, j'ai particulièrement aimé la « Ballade des pendus » [**1**]. Elle est tellement présente dans la formation littéraire de tous les jeunes Français qu'il n'y a pas de surprise à ce que ma mémoire s'en soit saisie. Et pourtant sa restitution exacte, soixante-dix-huit ans après l'avoir apprise, me procure un plaisir singulier, un affreux plaisir de vanité, dans la mesure où j'échappe au piège que présente la diversité des avant-derniers vers de chaque strophe, qu'il faut situer à leur juste place, donc en dernier lieu l'appel le plus émouvant :

Hommes, ici n'a point de moquerie.

Sans doute cette ballade porte-t-elle en premier lieu un thème fort, qui marque dès les premiers siècles de la poésie française la figure propre du poète, un marginal entre les marginaux, contestataire des juges et des bourreaux, ami des victimes dont les crimes effraient la société établie, et exigeant de la part des cœurs sensibles, au-delà de la mort, le pardon.

Mais si le charme opère dès le premier vers, c'est que Villon use avec une parfaite aisance de la forme et des rythmes de la ballade avec ses strophes régulières, à la fois libres et précises. Je la retourne en tout sens dans ma mémoire en enchaînant l'avant-dernier vers des trois strophes et de l'envoi. Dans le bon ordre cela donne :

De notre mal personne ne s'en rie
Nous sommes morts, âme ne nous harie
Ne soyez donc de notre confrérie
Hommes, ici n'a point de moquerie.

Avant de quitter Villon, je veux encore partager avec vous les deux dernières strophes du « Testament » [**2**], œuvre souvent rude et parfois brutale d'où la tendresse surgit dans les quatre vers finaux, inoubliables, comme une aspiration profonde à la beauté et à la mort :

Corps féminin qui tant es tendre
Poli, souëf, si précieux,
Te faudra-t-il ces maux attendre ?
Oui, ou tout vif aller aux cieux.

Il y a dans les relations entre la poésie et ma mémoire des impératifs que je ne contrôle pas, mais que je constate. Ainsi j'ai besoin, lorsque rien d'immédiat n'accapare mon attention, par exemple lorsque je sors de chez moi et vais prendre le métro, d'entamer une récitation à voix basse. Voilà la rue où je m'avance et voilà le premier vers qui surgit de soi-même. Lequel ?

Parfois c'est Rimbaud ou Baudelaire, mais le plus souvent un vers de Hugo von Hofmannsthal, celui par lequel commencent les « Terzinen über Vergänglichkeit » [**66**], strophes de trois vers sur le passage du temps :

Noch spür ich ihren Atem auf den Wangen.

Notons d'abord combien *Vergänglichkeit* est plus poétique que « passage du temps ».

Mais comment expliquer cette imposition contre laquelle je me défends mal en invoquant la diversité souhaitable : zut, encore Hofmannsthal !

Une analyse plus sereine permet d'expliquer ce choix à peine conscient. La langue allemande d'abord, sa primauté dans mon patrimoine mnémonique. L'attaque du premier mot ensuite : *Noch.* Une exhalaison forte et brève qui incite à la mise en route du corps, comme le font pour d'anciens combattants les premières notes d'une marche militaire. Mais, naturellement aussi, le signe que me fait le thème du poème, celui de la fuite du temps, selon ses deux dimensions, en avant et en arrière.

Impossible de ne pas évoquer ici un des vers les plus magiques de « La Jolie Rousse » de Guillaume Apollinaire [**81**] :

Il y a aussi le temps qu'on peut chasser ou faire revenir.

J'ai besoin de faire appel encore une fois à la comparaison entre mes trois langues à propos d'un mot du premier vers des « Terzinen », le mot *Atem* qui désigne le souffle. Il est en allemand un vocable court et comme retenu dans la bouche, non expiré comme le vocable français. Tous deux dénomment une composante fondamentale de la poésie. Toute récitation est un souffle et chaque souffle offre au poète un thème humain particulièrement intime. Dans la *Terzine* de Hofmannsthal, la fuite trop rapide du temps se marque par le fait que, sur la joue du poète, l'haleine de la bien-aimée est encore sensible. Oui, haleine plutôt que souffle, peut-être même respiration, comme dans l'une des strophes les plus imagées du « Booz endormi » de Victor Hugo [**37**], le seul de ses poèmes que je sache intégralement par cœur :

La respiration de Booz qui dormait
Se mêlait au bruit sourd des ruisseaux sur la mousse.

Le poète français a le choix : ou bien *Et d'un souffle il a tout dispersé sur les flots* – Hugo, « Oceano Nox » ; ou bien « La Chanson du mal-aimé » d'Apollinaire [**77**] (oui, ce long et beau poème aussi est contenu tout entier dans ma mémoire), évoquant le lac où Louis II de Bavière s'est noyé, *Sur un lac blanc et sous l'haleine / Des vents qui tremblent au printemps*.

La langue allemande est particulièrement riche en vocables désignant la respiration : *Atem* s'écrit parfois *Othem*, notamment chez Hölderlin dans un de ses poèmes les plus nostalgiques, *Menon's Klage um Diotima*.

Heiliger Othem durchströmt göttlich die lichte Gestalt.

Je traduis : « Un souffle sacré traverse divinement de son courant la figure lumineuse. »

J'ai repéré dans les *Sonnets à Orphée* de Rainer Maria Rilke deux vers ailés que j'insère ici :

In Wahrheit singen, ist ein andrer Hauch.
Ein Hauch um nichts. Ein Wehn im Gott. Ein Wind.

Je traduis par : « Chanter dans le vrai est une autre exhalaison. Un souffle autour de rien. Une brise en Dieu. Un vent. »

Chez Hofmannsthal on trouve *Weh(e)n* s'appliquant au vent du printemps dans un de mes poèmes préférés, « Vorfrühling » [**68**] :

Es laüft der Frühlingswind
Durch kahle Alleen
Seltsame Dinge sind
In seinem Wehn.

Je traduis : « Le vent du printemps court à travers les allées dénudées, d'étranges choses animent son souffle. »

Un autre mot ailé dont les poètes allemands font grand usage est *Hauch*. Nous venons de le rencontrer chez Rilke. Je cherche dans ma mémoire un autre poème où il jouerait un rôle vif ou apaisant. Je trouve Goethe et son court poème de jeunesse, « Ein Gleiches » [**17**], incontestable sommet de « poéticité » au sens que Jakobson donne à ce terme[1], qui en huit vers mène l'auditeur de la plus haute nature au repos éternel.

Über allen Gipfeln
Ist Ruh,
In allen Wipfeln
Spürest Du

1. Voir ci-dessous, p. 35.

Kaum einen Hauch ;
Die Vögelein schweigen im Walde.
Wachte nur, balde
Ruhest Du auch.

Je m'intéresse beaucoup au vers le plus long de ce poème. J'y reviendrai. Mais passons à l'anglais.

Il ajoute une de ses subtilités à notre recherche : *breath* et *breethe* font usage presque des mêmes lettres et pourtant le premier, le substantif, retient le souffle au fond de la bouche, alors que le second, le verbe, le fait flotter loin dans l'atmosphère.

Me vient en mémoire l'une des strophes les plus tendres de John Keats dans un de ses derniers sonnets [**31**], où il accueille la mort :

Still, still to hear her tender-taken breath
And so live ever – or else swoon to death.

À la différence de Hofmannsthal, l'haleine de l'aimée n'est pas sentie, chez Keats, mais entendue, nuance très poétique !

Quant aux dérives de la respiration, leur charge poétique est différente dans chacune de mes langues : le français « soupir » me semble plus transparent mais moins sensuel que le *Seufzer* allemand, tous deux moins infiniment discrets que l'anglais *sigh*, à peine audible.

Je fais retour au vers de Goethe qui donne son rythme au poème cité plus haut :

Die Vögelein schweigen im Walde.

Je trouve chez Apollinaire, dans « L'Émigrant de Landor Road » [**80**] :

[...] je veux dormir enfin
Sous des arbres pleins d'oiseaux muets [...].

Et chez Keats, dans la première et dans la dernière strophe de « La Belle Dame sans merci » [**28**] :

And no birds sing.

Dans quel contexte ai-je appris par cœur « La Belle Dame sans merci » et ai-je pu comparer à la « Melusine » de Borchardt cette figure féminine irrésistible, dangereuse, non pas mortelle comme la Lorelei des bords du Rhin pour le pêcheur dont la barque sombre, mais aliénante pour le chevalier que le poète interroge et qui fait le récit de son rêve et de son retour sur la lande où les oiseaux se sont tus ?

J'abordai l'Angleterre à l'âge de seize ans. Je venais à Londres, le baccalauréat passé très jeune. Ma mère avait un cousin dans les environs de la capitale. Il m'accueillit à West Wickham, dans le Kent. Ses deux fils, un peu plus jeunes que moi, Jonathan et Basil, m'apprenaient à jouer au cricket et à mâcher des marshmallows. Et je parcourais les quais de la Tamise en me récitant les premiers vers appris dans cette langue pas tout à fait neuve pour moi, mais dont ma mère avait souhaité qu'avec cette année londonienne elle me devienne aussi familière qu'à elle.

J'étais inscrit à la London School of Economics dont je suivais surtout les cours d'histoire diplomatique. Mais je prenais le temps, profitant du coût modeste des séances du matin des *picture theatres*, pour me gaver de films dans les deux langues : anglais et américain. Mon vrai bonheur, c'étaient les après-midi dans les hautes salles de la Guidhall Library où je compilais les écrits d'Apollodore d'Athènes et de Diodore de Sicile pour en savoir plus long que mon père sur la généalogie des dieux et des héros grecs. J'avais acquis le goût des tableaux synoptiques où se superposaient les Argonautes, les descendants d'Œdipe, les prétendants d'Hélène et les guerriers devant Troie.

Que m'a appris cette plongée dans la mythologie sur la poésie, ses sources, ses ambitions ?

D'abord que la poésie est fille de la mémoire. Elle en est même, selon Hésiode, la fille aînée. Mnémosyne, préposée à la mémoire, est fille d'Ouranos et de Gaïa. Elle est une des rares Titanides qui imposent leur souveraineté sur leur domaine, alors que ses sœurs sont d'abord épouses de leurs frères, Theia d'Hypérion, Thétys d'Okéanos, Rhéa de Chronos. Elle accomplit sa fonction divine en engendrant au cours de neuf nuits avec Zeus le Suprême, les neuf Muses, dont l'aînée, Calliope, est celle de la poésie et la mère d'Orphée et de Linos.

Le rapport du poète avec la Muse ne le distingue pas des autres artistes : musiciens, danseurs, acteurs, astronomes, rhéteurs ; mais il les précède dans la procession des arts. Ainsi est-il le plus proche de sa grand-mère Mnémosyne, déesse de la mémoire.

La pureté de ce rapport est singulière. À la seule exception du chant qui lui est apparenté, la poésie est le seul art qui n'a pas besoin d'autres instruments que la mémoire et la voix. Mais de ces deux attributs de la personne humaine elle fait l'usage le plus subtil. Le luth ou la lyre ne sont que des ornements.

Qu'en est-il de mes trois langues ? Comment nomment-elles la mémoire ? Le français et l'anglais, comme le grec et le latin, articulent ces termes autour de la lettre *m*, la lettre maternelle, celle de Mnémosyne et des Muses. L'allemand distingue *Gedächtnis* et *Erinnerung*, le premier se réfère à ce qui a été pensé – *was gedacht war* –, le second à ce qui a été intériorisé et qu'il faut, si c'est un poème, mettre en mémoire pour le restituer, le donner au-dehors, *auswenden*.

Passionné de récitation, je me suis interrogé sur le fonctionnement de la mémoire poétique. Les vers que je crois savoir par cœur sont présents quelque part dans les replis de ma mémoire. Tantôt ils en émergent d'un trait : le premier vers, parfois le premier mot, entraîne les autres à sa suite sans effort apparent. Ceux-là sont-ils toujours mes préférés ? À la réflexion ce sont les autres qui me donnent le plus de félicité.

Voilà par exemple un poème qui m'est cher : « Le Cimetière marin » de Paul Valéry. Les premières strophes franchissent aisément la barrière de mes dents (selon l'expression de Zeus faisant remontrance à sa fille Athéna). Puis il y en a une à laquelle manque le troisième vers. Il tarde, se dérobe. Plutôt que de m'obstiner au point où j'en suis de la récitation, je reviens en arrière, reprends la strophe à son début ou même retourne à la strophe précédente. Avec l'élan ainsi obtenu, ce vers va surgir alors comme porté par ceux qui le précèdent. Il était donc bien dans ma mémoire, avait été *auswendig gelernt* mais avait besoin pour passer du dedans au dehors du cadre de la récitation.

Voilà de quelle façon mystérieuse et maternelle la mémoire porte dans ses flancs, comme un beau navire chargé de voiles, toutes les richesses de la poésie.

L'assemblement du *m* et du *n*, lettres sœurs à musicalité tendre, donne aux termes où nous le rencontrons une dimension particulière : la somnolence n'est pas loin de l'amnésie ; l'une nous met en contact avec le monde du rêve, l'autre nous fait oublier notre passé. On attribue à mes camarades déportés, survivants des camps nazis, un terme inverse : l'hypermnésie. Ai-je échappé aux ruminations hypermnésiques que décrit la nosologie ? Peut-être suis-je devenu un ruminant de poésie.

Mais encore, quelle poésie entre toutes celles qu'offrent les cultures du monde ? Là-dessus il faut interroger

Roman Jakobson. Dans ses *Huit Questions de poétique*[1], on trouve ces quatre paragraphes convaincants :

> J'ai déjà dit que le contenu de la notion de *poésie* était instable et variait dans le temps, mais la fonction poétique, la *poéticité*, comme l'ont souligné les formalistes, est un élément *sui generis*, un élément que l'on ne peut réduire mécaniquement à d'autres éléments. Cet élément, il faut le dénuder et en faire apparaître l'indépendance, comme sont dénudés et indépendants les procédés techniques des tableaux cubistes par exemple, – c'est là un cas particulier cependant, un cas qui du point de vue de la dialectique de l'art a sa raison d'être, mais un cas spécial malgré tout. En général, la poéticité n'est qu'une composante d'une structure complexe, mais une composante qui transforme nécessairement les autres éléments et détermine avec eux le comportement de l'ensemble. De la même façon, l'huile n'est pas un plat particulier, mais n'est pas non plus un supplément accidentel, une composante mécanique : elle change le goût de tout ce qu'on mange et, parfois, sa tâche est si pénétrante qu'un petit poisson en perd son appellation génétique originelle et change de nom pour devenir une sardine à l'huile. *Olej* (huile) a produit en tchèque *olejovka* (sardine à l'huile). – Si la poéticité, une fonction poétique d'une portée dominante, apparaît dans une œuvre littéraire, nous parlerons de poésie.
>
> Mais comment la poéticité se manifeste-t-elle ? En ceci, que le mot est ressenti comme mot et non comme simple substitut de l'objet nommé, ni comme explosion d'émotion. En ceci, que les mots et leur syntaxe, leur signification, leur forme externe et interne ne sont pas des indices indifférents de la réalité, mais possèdent leur propre poids et leur propre valeur.
>
> Pourquoi tout cela est-il nécessaire ? Pourquoi faut-il souligner que le signe ne se confond pas avec l'objet ?

1. Roman Jakobson, *Huit Questions de poétique*, Paris, Éd. du Seuil, 1977 ; coll. « Points », 2002, p. 45-47.

Parce qu'à côté de la conscience immédiate de l'identité entre le signe et l'objet (A est A_1), la conscience immédiate de l'absence de cette identité (A n'est pas A_1) est nécessaire ; cette antinomie est inévitable, car, sans contradiction il n'y a pas de jeu des concepts, il n'y a pas de jeu des signes, le rapport entre le concept et le signe devient automatique, le cours des événements s'arrête, la conscience de la réalité se meurt.

[...] De la même manière que la fonction poétique organise et dirige l'œuvre poétique sans être nécessairement saillante et sans sauter aux yeux comme une affiche, l'œuvre poétique dans l'ensemble des valeurs sociales ne prédomine pas, ne l'emporte pas sur les autres valeurs, mais n'en est pas moins l'organisateur fondamental de l'idéologie, constamment orienté vers son but. C'est la poésie qui nous protège contre l'automatisation, contre la rouille qui menace notre formule de l'amour et de la haine, de la révolte et de la réconciliation, de la foi et de la négation...

La lecture de ces phrases subtiles et rigoureuses donne tout son sens à ce qui m'arrive. Ma récitation des quatre-vingt-huit poèmes que vous trouverez dans la deuxième partie de ce livre est aidée par leur poéticité. C'est cette qualité qui les fait passer de l'espace intérieur où ils sont précieusement entreposés, à travers la réactivation de mon cerveau et le massage de ses neurones, jusqu'à la cavité de mon palais et à leur expulsion entre mes lèvres.

Des poètes français dont je me suis abreuvé, aucun n'a joué un rôle aussi dominant qu'Apollinaire. Pour le petit garçon de sept ans, le Paris où il débarquait était aussi celui où ses parents s'étaient rencontrés, où mon père avait fait pénétrer ma mère dans le cercle des plus authentiques créateurs de l'art du nouveau siècle, juste avant l'explosion de Dada, et parmi eux restaient dans mon environnement le plus proche Constantin Brancusi, Marcel Duchamp, Man Ray, André Breton.

Et, flottant au-dessus de leurs souvenirs de révolte, Guillaume Apollinaire.

Je suis fier de savoir par cœur une quinzaine de ses poèmes et j'en ai retenu des longs et des courts dans la deuxième partie de ce livre. Je ne veux en citer intégralement ici qu'un seul, l'un des plus courts [**85**], auquel s'attache un moment d'émotion :

J'ai cueilli ce brin de bruyère
L'automne est morte souviens-t'en
Nous ne nous verrons plus sur terre
Odeur du temps brin de bruyère
Et souviens-toi que je t'attends.

J'avais récité ce poème à un collègue, ainsi qu'à sa femme et à sa fille cadette, au cours d'un dîner amical, un mois avant sa mort. Assistant à l'office funéraire où chacun de ses enfants avait été invité à prendre la parole, j'entendis la cadette limiter sa contribution à la récitation de ces cinq vers. Inoubliable souvenir de larmes.

Dans ce court poème, la fausse clôture entre la vie et la mort est franchie ; le poète sait que ces deux territoires n'en font qu'un sous l'œil complice des anges.

Ma plus grande satisfaction est d'aller jusqu'au bout de « La Chanson du mal-aimé » [**77**] en franchissant ses étapes sans me laisser égarer par la répétition des voies lactées, ni par le rappel des lais pour les reines. Donner à entendre « L'Émigrant de Landor Road » [**80**] est facilité par l'attaque audacieuse : *Le chapeau à la main il entra du pied droit.* Mais la récitation qui laisse les traces les plus profondes est « La Jolie Rousse » [**81**] avec ses quatre derniers mots pathétiques, *Ayez pitié de moi.*

Il m'arrive de rencontrer des admirateurs d'Apollinaire, des experts de son œuvre et de sa vie. Et nous nous mettons à réciter, à renchérir, à nous épater mutuellement. On ne se lasse pas d'Apollinaire. J'accueille fraternellement l'enthousiasme des autres, mais je reste fier de pouvoir réciter sans défaillance plusieurs de ses poèmes qui bercent mes jours et mes nuits.

C'est cette fierté qu'il serait important de tirer au clair. Si à mon âge on pouvait encore se rendre ridicule par quelque chose, cette satisfaction enfantine qui me vient de savoir par cœur un grand nombre de vers y suffirait. C'est peut-être encore et toujours ma mère que j'essaie de bluffer.

Le fait est là : cette utilisation particulière de ma mémoire m'est précieuse ; plus je vieillis, moins je parviens à m'en passer, même si bien souvent elle me fait défaut. J'ai voulu apprendre par cœur des poésies de René Char, de Paul Celan, de Paul Eluard. Je n'y suis pas parvenu. Je les lis avec admiration, avec gratitude. Mais pour les insérer dans cette mémorisation personnelle, peine perdue. Leur manque-t-il quelque chose ? Non, bien sûr, c'est chez moi que quelque chose fait défaut, quelque chose qui surgira peut-être un jour.

Il faut accorder une place à part au théâtre en vers. Ici la récitation ne peut pas être ruminatoire. Elle vise un public attentif, réuni à l'écoute, de préférence en demicercle autour du récitant. Le geste doit aussi accompagner la parole. J'ai tiré des plaisirs incomparables de cette forme de récitation, l'imposant là aussi à l'improviste à des groupes amis arrêtés à l'orée d'un bois sans autre préavis que ces quelques mots : « Et maintenant je vous propose le discours de Marc Antoine dans le *Jules César* de Shakespeare ! »

J'aime réciter – jouant l'un et l'autre rôle – le dialogue d'Alceste et de Philinte dans la première scène du *Misanthrope* : « Qu'est-ce donc, qu'avez-vous ? – Laissez-moi, je vous prie. » Mon grand frère était

Alceste, très convaincu de son personnage ; moi, plus ironique, je lui donnais la réplique. Maintenant qu'il n'est plus là, j'essaie de réciter Alceste à sa manière, un peu nerveuse, irritée, Philinte à la mienne, conciliante, amicale, préoccupée d'Alceste, comme j'aurais dû l'être davantage de mon frère.

Autre morceau de choix que ma mémoire abrite : le dialogue de Narcisse et de Néron à la scène 4 de l'acte IV de *Britannicus*, où la subtile manipulation du maître par le serviteur fait vibrer les alexandrins raciniens et culbuter le drame. Et puis ce que confie Andromaque à sa suivante Céphise à la scène 8 de l'acte III, où se noue le dilemme que seule la mort dénouera.

Mais c'est au théâtre de Shakespeare que je suis redevable de mes plus vifs plaisirs. Savoir réciter le magnifique appel à venger la mort du tyran en le faisant apparaître comme un bienfaiteur ! Marc Antoine y use de toutes les supercheries pour faire monter la pression sans la moindre gêne à agir en tout point à l'inverse de ce qu'il dit [**7**]. Je ne veux en retenir que trois vers, qui constituent pour moi un apogée dans l'usage du son des mots pour toucher le cœur à travers l'oreille :

For I have neither wit, nor words, nor worth
Action, nor utterance, nor the power of speech
To stir men's blood [...].

De *Hamlet*, de *Macbeth*, quelques vers seulement sont à tout jamais gravés dans ma mémoire [**8**, **9**] : ceux que Macbeth profère en apprenant la mort de la reine, dont ces deux-ci :

And all our yesterdays have lighted fools
The way to dusty death. Out, out, brief candle !

Et ceux que prononce Hamlet à la suite de la fameuse question qu'il se pose : « être ou ne pas être ? »

And thus the native hue of resolution
Is sicklied o'er by the pale cast of thought.

Mais mémoriser Shakespeare, c'est principalement faire l'apprentissage des sonnets. Jusqu'ici, sur les cent soixante-trois qui nous sont parvenus de lui, je n'en sais par cœur que neuf. Mais au long de ma vie, chacun d'eux a fait son entrée dans mon patrimoine à des moments différents de mon cheminement.

Le premier a été appris bien avant la guerre, le neuvième seulement à l'âge de quatre-vingts ans. C'est au premier que se relie un fort souvenir biographique : celui de mon arrestation par la Gestapo, le 10 juillet 1944.

Démasqué comme agent secret venu de Londres, mon sort me semblait scellé. Cette guerre, dont le flux était enfin passé à l'avantage des Alliés, je n'en verrais pas la fin. Ma femme, restée à Londres, devrait en prendre son parti. Le message qui l'atteindrait lui enjoindrait de m'oublier. On est comme ça à vingt-six ans ! Je trouvai donc une feuille de papier sur laquelle j'inscrivis le premier vers du sonnet 71 de Shakespeare [**13**] : *No longer mourn for me when I am dead*, et la glissai dans la poche de mon veston.

Le neuvième, j'y fus rendu attentif par une amie qui connaissait ma passion pour la récitation. « Essaie celui-ci, me dit-elle, il fait sentir comment nul moment n'apaise l'agitation des amoureux. » Il porte le numéro 27 [**10**] et en voici les deux derniers vers :

Lo, thus by day my limbs, by night my mind
For thee, and for myself, no quiet find.

Des sept autres sonnets que je me récite à tour de rôle tout au long de mes déplacements quotidiens, notamment dans le métro où chacun dure le temps de deux stations à condition de ne pas le réciter trop vite, je n'en retiens d'abord que deux, marqués par les circonstances de leur première mémorisation.

L'un, le n° 116 [**14**], m'a été récité à La Nouvelle-Orléans lors d'un colloque sur les services secrets dans la Seconde Guerre mondiale, à l'université Dwight-Eisenhower, au centre de cette ville qui, à l'époque, était encore la plus poétique du sud des États-Unis. J'y avais retrouvé avec grand plaisir un des meilleurs historiens de cette guerre et de la Résistance en France, Michael Foot. Nous avions parlé des camps de concentration et du rôle de la poésie pour y survivre. Le camp de Dora l'intéressait particulièrement : les tentatives de sabotage de mes camarades qui construisaient dans l'horrible tunnel les fusées V2 destinées à mettre l'Angleterre à genoux avaient-elles eu un résultat sensible ?

Tout à coup, interrompant le débat, Michael Foot s'était lancé avec une vigueur saisissante dans la récitation de ce sonnet de Shakespeare :

Let me not to the marriage of true minds
Admit impediment.

Je ne le connaissais pas. Il me subjugua. Son rythme est unique. Les deux mots à la sonorité impérieuse par lesquels commence le deuxième vers en font un des meilleurs exemples de ce qui constitue la poéticité des sonnets : l'attaque.

L'autre porte le numéro 29 [**11**] et je le crois unique sur un point très important : il admet, comme Shakespeare si je ne me trompe ne le fait dans aucun autre sonnet, que le partenaire aime le poète et qu'il lui suffit donc de prendre conscience de cet amour pour bénir son propre sort.

Voici comment les deux derniers vers expriment cet aveu :

For thy sweet love remembered such wealth brings
That then I scorn to change my state with kings.

Vous trouverez dans la « Trilingologie » qui forme la deuxième partie de ce livre le texte intégral de ces sonnets ; du dernier je vous recommande encore le troisième vers, un des plus musicaux que je tienne en mémoire :

And trouble deaf heaven with my bootless cries

et le douzième qui ne peut être récité du fait des deux *h* aspirés qu'en cherchant au fond de la gorge, et donc au fond du cœur, ce souffle qui donne à la poésie son élan unique :

[…] sings hymns at heaven's gate

Notons aussi l'assemblement du *m* et du *n* dans *hymns*.

Ce n'est pas Shakespeare qui a inventé le sonnet, ce sont les Italiens. Mais cette forme très stricte lui a servi de défi pour exprimer de cent soixante-trois façons très différentes les hauts et les bas de la passion amoureuse. Se distinguant par là des sonnets de langue française, Shakespeare compose les siens de trois strophes de quatre vers et d'une strophe de deux, non de deux de quatre vers et de deux de trois qui marquent le rythme de la poésie française. Pourquoi ?

La structure shakespearienne souligne à mes yeux l'aspect « message » de chaque sonnet. Ce que l'auteur a à dire, ce sur quoi il appelle son partenaire à réfléchir, les deux derniers vers l'expriment de la façon la plus concise. Il me semble que cette idée se vérifie dans un autre sonnet, le n° 65 [**12**], un des premiers que j'aie appris par cœur et dont je livre ici « par anticipation » les six derniers vers :

O fearful meditation, where alack,
Shall time's best jewel from time's chest lie hid ?
Or whose strong hand can hold his swift foot back
Or who his spoils of beauty can forbid ?

O none, unless this miracle have might :

That in black ink my love may still shine bright.

Puis-je vous rendre attentif au onzième vers de ce sonnet ? Il est fait de dix monosyllabes ce qui oblige la voix à lui donner une force et une retenue singulières. Faites-en l'expérience.

Arrachons-nous à Shakespeare pour faire surgir de la mémoire d'autres sonnets : ceux que nous devons aux poètes de la Pléiade. La passion amoureuse n'en est pas le seul thème, même si elle hante, avec le souvenir de Pétrarque, le maître de cette cohorte, Pierre de Ronsard [**5**, **6**]. Ainsi les deux qui me sont le plus cher et que ma mémoire ne laisse pas échapper sont les sonnets d'un exilé, Joachim du Bellay, évoquant avec nostalgie l'amour de la patrie.

Le premier, le plus fameux, traite Ulysse et Jason avec beaucoup de légèreté, Rome et l'Anjou sans trop de révérence [**3**]. Le second [**4**], plus amer, plus revendicatif, contient un vers magique :

D'une tremblante horreur fait hérisser ma peau.

Il serait temps de distinguer les façons dont l'émotion poétique surgit différemment au long des strophes et des vers dans chacune des langues auxquelles j'ai emprunté mes plaisirs. Il me semble que la langue française ne dévoile la mélodie qu'une fois que le sens et le thème ont révélé leurs intentions, alors qu'en anglais c'est le son des premiers mots qui interpelle l'oreille et la surprise poétique dérive de l'écho que ces mots vont rencontrer lorsque le thème prend corps. Quant à la langue allemande, elle garde par construction le mystère de l'intention poétique jusqu'à l'éclosion finale de la strophe.

Comme j'aurais aimé pouvoir réfléchir, selon ce même mode, à la prosodie d'autres langues, l'espagnol, sonore au fond du palais, l'italien, si proche d'un air de flûte, le russe, dont l'écoute me comble de frissons, l'arabe, où chaque appel est suivi d'un repos. Aurai-je le temps avant de m'en aller d'en débattre avec mes amis, avec Meddeb, avec Semprun, avec Magris, avec Krivochéine ?

Comment rencontre-t-on un poète, comment devient-il un compagnon et par le truchement de quels autres poètes ? C'est la découverte de la première vraie traduction d'Homère en anglais qui a enthousiasmé Keats. Son sonnet sur l'Homère de Chapman [**29**] occupe une place privilégiée dans ma mémoire. Comme souvent, le dernier vers, peut-être le plus mystérieux, fait pour moi de ce poème, appris en 1934 sur les rives de la Tamise, un apogée de poéticité :

Silent, upon a peek, in Darien.

Ces six mots, qui se prononcent en trois temps inégaux, rendent compte dans leur dénuement, de l'ébahissement devant cet océan découvert de haut à l'autre extrémité de l'hémisphère.

Je dois beaucoup à Keats, non seulement « La Belle Dame sans merci » et « On First Looking into Chapman's Homer », mais d'avoir pu apprendre par cœur l'« Ode à un rossignol » [**25**], l'« Ode sur une urne grecque » [**26**], « À l'automne » [**27**] et deux sonnets de la fin de sa courte vie [**30**, **31**], qui va de 1795 à 1821. J'ai déjà cité un vers de celui qui se termine par ces mots prémonitoires et ailés : *swoon to death*, où il évoque le *tender-taken breath* de sa jeune amie.

Pour mes amis anglais, Keats est tellement au cœur de leur culture scolaire qu'ils ont un peu le même recul lorsque je le leur récite que celui que nous aurions devant un étranger nous récitant Lamartine. Et pourtant la poéticité de Keats m'enchante dans chacune de ses œuvres, même la plus « classique » dans tous les sens du terme, l'« Ode on a Grecian Urn », dont la chute peut nous paraître trop dogmatique et moralisatrice :

« Beauty is truth, truth beauty » – that is all
Ye know on earth, and all ye need to know

mais son premier vers est d'une tendresse inégalable :

Thou still unravished bride of quietness.

Je la réapprends donc de temps à autre pour être sûr de ne pas en trahir le flux.

J'ai davantage besoin encore de savoir par cœur l'« Automne », dont les deux derniers vers sont liés pour moi à un moment privilégié de ma vie : les étés dans notre maison des environs d'Uzès où j'avais fait creuser sur la terrasse qui domine un paysage vaste et suave un petit bassin qualifié prétentieusement de piscine. Étendu sur le dos, j'y observais le survol élégant des martinets qui semblaient vouloir se mirer dans l'eau. J'écoutais leur bruit d'ailes en me récitant :

The red-breast whistles from a garden-croft;
And gathering swallows twitter in the skies.

Je fais usage aussi d'un autre sonnet de Keats dont j'admire surtout l'ouverture, où le poète aborde l'hypothèse de sa mort [**30**] :

When I have fears that I may cease to be.

Ce vers et les trois suivants sont un ruisseau de pur plaisir poétique, mais la conclusion qu'apporte le dernier vers ne me satisfait ni dans son message ni dans sa sonorité :

Till love and fame to nothingness do sink.

Là je ne suis pas d'accord, mais aussi, comment comparer la sensibilité d'un vieillard de quatre-vingt-huit ans avec celle d'un poète de vingt-deux ans qui n'a plus que quatre ans à vivre ?

J'en viens donc au plus long et pour moi au plus émouvant des poèmes de Keats : « Ode to a Nightingale », à mettre en parallèle avec l'« Ode to a Skylark » de Shelley que j'ai, elle aussi, mémorisée, sue, perdue, retrouvée avec délices. Son alouette vaut bien le rossignol de Keats.

C'est l'ouverture de l'ode de Keats qui me coupe le souffle. Puisque la récitation y prend son essor, elle doit être dite et suivie d'une pause : *My heart aches…* Le poète a-t-il la force d'aller plus loin ? Et à quel prix ? Comme ces trois mots sont chargés d'émoi dans leur concision ! Les longues et belles strophes qui prennent leur essor et leur sens à partir d'eux s'écoulent avec impétuosité et avec grâce et je suis reconnaissant à Keats de m'avoir permis de les faire miennes. Voici en particulier deux vers qui sont l'entame de la sixième strophe :

Darkling I listen ; and for many a time
I have been half in love with easeful Death.

Cet état à demi amoureux de la mort, j'en fais désormais quotidiennement l'expérience et plus je remue de poésies dans ma tête, plus j'en éprouve l'apaisante proximité.

Allez vite, si l'anglais vous rebute, à la traduction de tous ces vers de Keats dans la correspondance française de la « Trilingologie poétique » !

Quelle est cette singularité qui me vient d'être habité par tant de poèmes qui me préparent à accueillir la mort ? Ne sont-ils pas tous destinés à disparaître lorsque je fermerai les yeux et les oreilles ? Ou bien ce moi, le plus moi de moi qu'est la mémoire, cette essence du vécu qui s'y est distillée et qui, par l'effet d'un certain hasard – convergence parfois inattendue de causes multiples –, y a pris la forme d'émotions poétiques, est-ce là ce qui restera des deux côtés de la frontière, disons plutôt, justement, de la fausse frontière, de la non-frontière, en réalité du seuil qu'est la mort ?

Cet effet « thanatophorique » des poèmes où quelqu'un meurt, émotion très spéciale, ni vraiment triste, ni vraiment sereine, je l'éprouve en récitant un sonnet de Ronsard, « À une jeune morte » [**6**], que je sais depuis longtemps mais que j'ai du mal à retrouver dans ses œuvres. J'ai plaisir à en faire défiler les vers, à en communiquer la charge poétique, à en faire admirer les métaphores, mais en parvenant au dernier vers une larme perle que je ne parviens à ravaler qu'après en avoir compris le message : ce que le poète a réussi à infiltrer à travers les mots en général très simples qu'il a choisis, c'est une combinaison explosive de la beauté, de l'amour et de la mort. Et plus les mots sont simples, plus vite la larme va poindre.

Des nombreux poètes qui ont joué pour moi ce rôle de messager et dont j'ai tenté d'analyser la diversité des messages, les plus féconds en langue française sont Rimbaud, Apollinaire, mais aussi et peut-être surtout Baudelaire. De lui un poème m'obsède, lové au creux des *Fleurs du mal*, sonnet sans titre [**51**], dont les deux tercets s'enchaînent plus intimement que dans les sonnets habituels, laissant émerger avec une force inouïe le dernier vers. Il commence ainsi :

Je te donne ces vers afin que si mon nom
Aborde heureusement aux époques lointaines,

et s'achève ainsi :

Statue aux yeux de jais, grand ange au front d'airain.

Il y a une façon de réciter Baudelaire qui s'est affinée en moi au long des ans. Elle s'applique d'autant mieux à ce sonnet que quatorze vers peuvent tenir en un seul souffle, mais qu'ici il s'agit de suspendre le souffle après le treizième pour sculpter dans le dernier la figure inoubliable de l'aimée.

D'autres prosodies de ce poète inégalable réclament d'autres formes de récitation auxquelles je me suis exercé avec cette obstination que mes amis me connaissent devant divers publics et dans diverses circonstances : j'ai récité « Le Balcon » [**45**] au cours d'un film qui retraçait ma vie, sous le titre allemand *Der Diplomat*, avec pour accompagnateur un accordéoniste qui avait lui aussi appris le poème par cœur ; j'ai récité « À une Madone » [**46**] dans un autre film tourné en Cisjordanie, lors d'une minute de répit entre des scènes atroces.

Dans l'un et l'autre poème, Baudelaire laisse éclater toutes les formes de sa sensualité de telle sorte que le récitant sent son propre corps parcouru au long des alexandrins marmoréens par toute la gamme des pulsions érotiques ; je ne rappelle ici que deux vers du « Balcon » :

Et revis mon passé blotti dans tes genoux

ou plus haut :

Et tes pieds s'endormaient dans mes mains fraternelles

qui sont de bonnes raisons d'accueillir en soi quelques centaines de vers baudelairiens, mais de n'en proférer, humblement ou bruyamment, que les plus appropriés à la diversité des circonstances.

Si puissant que soit dans la langue française le rythme des alexandrins, auquel le récitant peut ajuster son souffle et qui le porte aisément de vers en vers, il y a dans la poésie allemande une gamme de rythmes et d'options prosodiques héritée des Grecs, dont le choix par chaque poète accroît admirablement la joie de celui qui les retient dans sa mémoire.

Ainsi retrouver dans cette mémoire les poèmes de Friedrich Hölderlin appris dans l'enfance est un plaisir de haute gourmandise que j'ai hâte de partager.

Puissiez-vous, cher lecteur, savoir assez d'allemand pour vous laisser envahir d'abord par le chant du destin que le poète attribue à Hypérion [**18**], l'époux de Théia, l'ancêtre des astres dans la mythologie d'Hésiode :

Ihr wandelt droben im Licht
Auf weichem Boden, selige Genien !

« Hyperion's Schicksalslied » comporte deux vers à la fois souples dans la bouche et enthousiasmants pour l'esprit qui définissent la façon dont fleurit l'esprit divin :

Keusch bewahrt
In bescheidener Knospe.

Avant de fleurir, la spiritualité divine est chastement préservée dans un modeste bourgeon.

Reconnaissons qu'en langue allemande les cinq vocables ont chacun une sonorité mélodieuse qui s'inscrit dans la mémoire comme une floraison.

Je dois beaucoup à Hölderlin depuis l'enfance où j'ai très tôt su par cœur « Des Morgens » [**19**], qui est le poème que je récite le plus volontiers, en passant par celui dont le message est le plus libérateur, « Lebenslauf » [**20**], et par celui où se traduit déjà clairement le mystère de l'aliénation du poète, « Hälfte des Lebens » [**22**], jusqu'aux deux quatrains tardifs que je vous propose ici tout de suite pour que vous les sentiez trembler au seuil de la folie[1] :

Das Angenehme dieser Welt hab ich genossen
Die Jugendstunden sind wie lang, wie lang verflossen
April und Mai und Julius sind ferne
Ich bin nichts mehr, ich lebe nicht mehr gerne.

(J'ai goûté les agréments de ce monde
Loin, bien loin sont les heures de la jeunesse
Avril et mai et juillet ont passé
Je ne suis plus rien, je n'ai plus goût à vivre.)

Die Linien des Lebens sind verschieden
Wie Wege sind und wie der Berge Grenzen

1. Traduction Stéphane Hessel.

Was hier wir sind kann dort ein Gott ergänzen
Mit Harmonien und ewigem Lohn und Frieden.

(Les lignes de la vie sont diverses
Comme sont les chemins et les crêtes des monts
Ce que nous sommes ici, là-bas un dieu le complète
Par l'harmonie, la récompense éternelle et la paix.)

Tout récemment j'ai fait la découverte d'un des poèmes les plus juvéniles de Hölderlin, que je n'ai pu lire sans que se lève en moi ce besoin impérieux de le réciter, et pour cela de l'apprendre par cœur. Y suis-je parvenu ? Je n'en suis pas sûr. Il va falloir le relire et me le réciter plusieurs fois jusqu'à ce qu'il « tienne ». Il s'intitule tout simplement « Die Jugend » [**21**].

Ces trente-deux vers courts, la plupart de six syllabes, sans rimes, chacun d'une extrême simplicité, je dirais d'une totale transparence, porteurs d'une affirmation incontestable, sont devenus les moteurs les plus puissants agissant sur ma sensibilité, tant parce que le thème m'évoque ma propre enfance, que parce que le rythme prosodique masse les neurones qui commandent leur mise en bouche et leur récitation avec une exquise tendresse.

L'admiration de mes parents pour Hölderlin est-elle la vraie source à laquelle boit mon propre plaisir ? C'est une question plus générale : j'ai appris à admirer. Et même, sans doute, à accueillir dans mon admiration ce que d'autres que j'aime et admire y versent, plus encore qu'à découvrir moi-même de l'admirable. Peut-être n'ai-je pas suffisamment confiance en mon « bon goût », ne suis-je pas assez sûr de ne pas me tromper.

Ni en musique, ni en peinture – domaine où je connais pourtant des exaltations comparables à celles que me procure la poésie –, je ne suis un découvreur. Je sais qu'il s'agit d'un très grand compositeur, d'un merveilleux peintre avant de tendre l'oreille ou d'ouvrir grands les yeux. Le plaisir très réel, parfois envahissant, m'est une confirmation. J'avais raison de vouloir entendre cet octuor de Schubert, de pénétrer dans la modeste église de Monterchi, où je trouve cette madone enceinte de Piero della Francesca.

Pour la poésie, les choses sont quand même différentes. D'abord j'ai décidé qu'elle était ma patrie, mon paysage spirituel, ma passion. Mais alors n'aurais-je pas dû tenter au moins d'en produire ? Ici encore j'ai eu de la chance : oui, la chance a voulu qu'un ami poète, poète et berger, berger et cévenol, Christian Planque, dont la maison au-dessus du Vigan est un havre de convivialité, ait composé pour moi un poème inspiré par nos conversations sur la poésie et la mort. Il lui a donné pour titre « La Chanson de l'échanson muet » [**88**] et la mélodie en a été composée par son fils Sylvain qui en accompagne la récitation sur sa guitare.

Oui, cette « offrande poétique » je la sais par cœur pour une raison autre que le « saisissement » que tel vers de Hölderlin ou de Rimbaud me procure, qui m'oblige à en charger vite, vite ma mémoire. Je la sais pour avoir voulu partager le fil amical de son auteur, le souci que j'y lis d'accueillir la mort comme une ouverture musicale émanant du silence.

J'ai rencontré W. B. Yeats assez tard dans ma vie et d'abord pour être tombé sur quelques vers de W. H. Auden qui pleurent sa mort au seuil de la Seconde Guerre mondiale. Il y manifeste cette passion poétique dont j'avais éprouvé la singularité dans la poésie intitulée « Musée des Beaux-Arts » [**87**], que j'ai sue par cœur et que je viens de réapprendre.

Auden fait de Yeats une sorte de héros de la poésie anglaise, alors qu'il tire sa substance des traditions irlandaises et galloises. J'ai tout de suite appris de lui douze vers qui traitent le même sujet que Ronsard, commencent par la même image, mais s'épanouissent avec une vigueur astrale qui laisse loin derrière le maître de la Pléiade, substituant à sa plaintive pédagogie l'évocation d'une nostalgie magicienne.

Il faut lire ces deux poèmes l'un après l'autre : le sonnet [**5**] d'abord, puis les douze vers de Yeats [**62**] dont le dernier vers m'offre un plaisir de bouche et un plaisir d'envol :

And hid his face amid a crowd of stars.

Me touchent aussi les trois mots qui se terminent par la dentale *d* à la sonorité retenue entre les lèvres et la finale grande ouverte sur le ciel, dont l'équivalent se trouve chez Victor Hugo à la fin de « Booz endormi » [**37**] :

Cette faucille d'or dans le champ des étoiles.

Je dois plus encore à Yeats pour m'avoir permis de mémoriser le sonnet qu'il a consacré à la rencontre de Léda et de Zeus transformé en cygne [**61**]. La description que le poète fait du moment de leur coït et de ses effets à très long terme est d'une sauvage beauté :

A shudder in the loins engenders there
The broken wall, the burning roof and tower
And Agamemnon dead.

J'ai trouvé tout récemment chez Rainer Maria Rilke un poème qui aborde le même épisode mythologique examiné du point de vue du dieu, tout surpris par la beauté de l'animal qu'il a choisi pour ruser avec la bien-aimée [**73**]. Le nombre de vers est le même chez les deux poètes, mais si le message de Yeats est saisissant par sa vision de l'histoire, celui de Rilke est plus existentiel : le dieu ne devient vraiment cygne que dans le sein, peut-être le « giron » (comment traduire l'allemand Schoss, si voluptueux ?), de Léda :

und wurde wirklich Schwan in ihrem Schoss.

Ainsi tombé amoureux de Yeats, j'ai parcouru cette œuvre riche et diverse à la recherche de ce qui pourrait nourrir ma faim de récitation et je suis tombé sur le chant du vagabond Aengus [**63**]. Trois fois huit vers de huit pieds qui peuvent être proférés sans en trahir le mystère et dont les deux derniers illuminent le ciel de la nuit et celui du jour :

The silver apples of the moon,
The golden apples of the sun.

Impossible de ne pas les rapprocher de cet autre poème de Yeats [**64**] où le poète veut offrir à sa bien-aimée le manteau brodé du ciel, de nuit, de jour et de demi-jour, mais en est réduit, parce qu'il est pauvre, à tendre sous ses pieds le manteau de ses rêves.

Le « Song of the Wandering Aengus » m'a valu il y a sept ans un moment de joie exceptionnel. C'était à Middelburg, berceau hollandais de la famille Roosevelt. Mon ami William Van den Heuvel présidait la fondation Franklin and Eleanor Roosevelt, qui décerne tous les deux ans dans cette jolie ville de Zélande cinq prix à des personnalités qui se sont distinguées dans la défense des « libertés de l'Atlantique ». Il s'agit des libertés proclamées en 1941 par Roosevelt et Churchill, bien avant l'entrée en guerre des États-Unis : liberté d'expression, liberté de confession, libération de la peur, libération de la misère, au nom desquelles il convenait de combattre le fascisme. Alors que cette année-là le principal prix avait été attribué à Mary Robinson, présidente de la République d'Irlande, mon ami m'avait fait lauréat du prix pour la libération de la misère : *Freedom from Want*. Mary Robinson avait répondu aux éloges que lui adressait Van den Heuvel par un discours noble et sobre où je reconnaissais les qualités que j'admirais et admire toujours en elle. Lorsque vint mon tour, je pris sur moi de renoncer à tout discours et de réciter à la place un poème : « The Song of the Wandering Aengus ». J'étais sûr, tant il était fixé dans ma mémoire, de ne pas trahir Yeats.

Cette forme d'impertinence, réciter sans y être invité, que dis-je ?, imposer une récitation à un auditoire (il y avait dans la salle la reine de Hollande) qui peut n'y être ni préparé ni même sensible, prendre le risque d'effaroucher ou d'ennuyer avec l'espoir d'étonner et de séduire, j'en suis devenu, le grand âge venu, l'incorrigible champion.

Sûr de ne pas abîmer, là se trouve la véritable épreuve du passionné de poésie. Dans ce domaine, l'à-peu-près est fatal. Un mot manque, un vers est mutilé d'un pied, un adjectif est substitué à un autre par erreur et tout le charme s'écaille, il ne reste que la honte.

Il y a là une exigence qui a son prix. Périodiquement il faut relire et s'assurer. L'angle de ma bibliothèque où s'étagent les volumes de poésie m'est indispensable : j'y ai recours lorsqu'un soupçon m'assaille : il peut s'agir d'un poète dont je crois être sûr. Prenons Rimbaud et l'un de ses poèmes les plus frivoles, « Roman » [**59**]. Oui, je le sais par cœur, ou du moins presque. Mais il faut s'assurer : il y a ce « tout petit chiffon d'azur sombre » qui n'est pas forcément à sa place. Ouvrons vite le volume : bon, il était bien là. Soulagement.

Je reviendrai à Rimbaud, il m'est indispensable sous ses formes les plus sages et les plus folles. Mais, cherchant à savoir ce qu'en pense Yves Bonnefoy, je viens de relire son cours au Collège de France[1] et j'en suis tout imprégné comme de la pensée infiniment précieuse d'un poète sur la poésie, d'un praticien sur la théorie et surtout d'un esprit d'une grande subtilité sur un sujet qui redoute toute simplification, même au nom de la transparence. Car la poésie est fille de la complexité et de la transparence, en quoi elle a besoin pour l'accueillir d'un esprit multiple et d'un cœur simple.

Voici comment Bonnefoy interroge la poésie :

> En fait, ce que la critique a souligné, récemment, du rôle du signifiant dans l'écriture, et de la place de l'inconscient dans les décisions des poètes, ceux-ci l'ont perçu les premiers, et au seuil de notre modernité, qui commença comme désintégration de l'idée absolue du moi qu'il y avait chez les romantiques, ils en avaient déjà fait leur préoccupation principale. L'autonomie du signifiant, Rimbaud ne l'ignorait pas quand il écrivait le sonnet « Voyelles », ni Mallarmé quand il agença le « Sonnet en yx ». Et cet excès des mots sur le sens, ce fut bien ce qui m'attira pour ma part, quand je vins à la poésie, dans les rets de l'écriture surréaliste. Quel appel, comme d'un ciel inconnu, dans ces grappes de tropes inachevables ! Quelle énergie, semblait-il, dans ces bouillonnements imprévus de la profondeur du langage ! Mais, passée la première fascination, je n'eus pas joie à ces mots qu'on me disait libres. [...] je gardais en esprit, comme un encouragement et même une preuve, cet instant du jeune lecteur qui ouvre avec passion un grand livre, et rencontre certes des mots, mais aussi des choses, et des êtres, et l'horizon, et le ciel : en somme, toute une terre, rendue d'un coup à sa soif. Ah, ce lecteur-là ne lit pas, serait-ce même dans Mallarmé, comme demandent de faire le poéticien ou le sémiologue ! S'il entend tout des polysémies, par intuition synthétique, par sympathie

1. Yves Bonnefoy, *Lieux et destins de l'image. Un cours de poétique au Collège de France, 1981-1993*, Paris, Éd. du Seuil, 1999, p. 22-26.

d'un inconscient pour un autre, c'est dans la grande flambée qui en délivre l'esprit : comme les théologies négatives, jadis, se défaisaient des symboles, comme, quand on lève les yeux à Tournus, c'est l'unité qui jaillit de ce qui ailleurs n'est qu'espace. Les mots sont bien là, pour lui, il en perçoit les frémissements, qui l'incitent à d'autres mots, dans les labyrinthes du signifiant, mais il sait un signifié parmi eux, dépendant d'aucun et de tous, qui est l'intensité comme telle. Le lecteur de la poésie n'analyse pas, il fait le serment à l'auteur, son proche, de demeurer dans l'intense. [...]

Des êtres ou des objets évoqués de cette manière, beaucoup sera donc perdu, et en particulier leur exister propre, ce droit qu'ils ont d'être là, en dépit de celui qui rêve, en conflit avec son idée du monde, en accord par contre avec la nécessité qu'il dénie ; appelons cet au-delà de nos représentations, cet éternel censuré, la finitude, puisque, si nous savions l'écouter, il nous assignerait nos limites. Un monde a été détruit – aboli, disait Mallarmé –, celui au sein duquel nous serions mortels : et en retour, ce qui a pris forme dans le poème, c'est un monde encore, bien sûr, un monde souvent cohérent, en apparence complet. De ce point de vue, l'œuvre est langue, qui institue, qui fait tenir, qui professe une réalité autonome, éprouvée substantielle, considérée suffisante : et cette gravitation qui retient telle chose, telle valeur, mais pour se fermer à telle autre, c'est une loi de fer, qu'on n'en doute pas, sous son apparence d'âge d'or. Car on peut croire, parfois, devant certaines surabondances, que l'écrivain a loisir de changer d'imaginaire par fantaisie, comme l'homme de science peut quant à lui changer d'hypothèse par méthode : mais sous l'écume qui, en effet, bouge un peu, aux bords découpés de cet océan, que les eaux profondes sont calmes ! L'inconscient a quelque chose d'immuable, le désir ne mûrit que de façon lente, ou jamais. Cerné des mots qu'il ne comprend pas, des expériences dont il ne soupçonne pas même l'existence, l'écrivain, c'est là son hasard, dont s'angoissait Mallarmé, ne peut que répéter dans l'écrit la particularité étroitement limitée qui caractérise toute existence. [...]

Né de l'impatience d'un jeune esprit que rebutaient des modes de vie factices, des valeurs certainement étouffantes, l'écrit permet à l'auteur de dégager de sa mémoire des êtres les traits qu'il lui parut que la société aliénait. Voici que lui revient de ces êtres refaçonnés la voix jamais entendue avant d'une fougue, d'un sentiment qu'il suppose plus véridiques ; et la terre, autour de ces rencontres qu'il imagine, prend une apparence de lieu prédestiné à la vie, où la montagne ou la mer multiplient ces étincellements et ces fleurs qui, dans notre monde ordinaire, semblent vacants de leur raison d'être. Quant à la finitude, que je disais abolie, qu'il est fréquent de voir que dans cette lumière des mots la mort est imaginée, on dirait aimée, comme le point final d'une plénitude !

Insensé que je suis, après la lecture d'un tel poète, d'oser revenir tout platement à ma joie si personnelle de préserver dans ma mémoire et d'en faire émerger en toute occasion des vers qui me comblent !

La mémoire attrape la poésie par son entame : le premier mot la met en appétit. Le mot *Noch* des « Terzinen » de Hofmannsthal [**66**] en est pour moi le plus irrésistible exemple. Ou il y a les poèmes qui débutent par le mot « comme », tantôt temporel, tantôt métaphorique : José Maria de Hérédia : *Comme un vol de gerfauts hors du charnier natal* ; Ronsard : *Comme on voit sur la branche au mois de mai la rose*.

Le mot sonne fort, retient le souffle, appelle après lui l'expiration. Ce rôle, il le joue pour moi à l'entame du poème le plus libérateur de poésie pure que j'aie réussi à apprendre par cœur, « Le Bateau ivre » d'Arthur Rimbaud [**58**] :

Comme je descendais des Fleuves impassibles.

À dix ans, j'ai rencontré le très jeune Arthur. Il est resté très jeune alors que je suis devenu très vieux. Commencer par « Le Dormeur du val » n'est pas la meilleure approche. Il y a de la facilité, même si *arracher aux herbes des haillons d'argent* est de haute facture. Mais j'ai su et aimé très tôt « Sensation » [**56**] et *Je m'en allais, les poings dans mes poches crevées*, qui s'intitule « Ma Bohème » [**57**]. Beaucoup plus tard mais avec une ferveur particulière, j'ai appris par cœur « Les Chercheuses de poux » [**60**], les ayant entendu réciter d'une voix parfaitement lisse par un ami de haute culture, stendhalien raffiné, Bernard Pépin, sur les pentes de la forêt qui domine le village de Saou, dans la Drôme. Le lieu, le paysage où un poème est rencontré, puis appris, contribue à l'évidence au *thumos*, *Gemüt*, *mood*, l'humeur ?, du récitant.

Ici Rimbaud me semble au sommet de sa poéticité ; de ces cinq strophes de quatre alexandrins chacune, d'une prosodie on ne peut plus régulière, douces à l'oreille, mais où chaque image véhicule de la tendresse et de la rigueur, je veux en choisir une, la deuxième, comme exemple de ce qui m'arrive en les prononçant :

Elles assoient l'enfant devant une croisée
Grande ouverte où l'air bleu baigne un fouillis de fleurs
Et dans ses lourds cheveux où tombe la rosée
Promènent leurs doigts vifs, terribles et charmeurs.

L'ouverture à laquelle le mot « croisée » donne une ampleur libératrice, le frémissement des deux *b* et des deux *f* du deuxième vers et, plus encore, l'entame de la strophe par le mot « Elles » en lequel vivent ensemble les deux sœurs, je les ressens comme un flux vivifiant et tonique, mais puérilement nostalgique, et j'en éprouve, comme l'enfant qu'on épouille, une envie de pleurer.

Plus tard est venu le moment de surmonter ma timidité. J'avais entendu Léo Ferré réciter, non, chanter « Le Bateau ivre ». Était-ce trop pour moi ? Laissons reposer en moi cette ambition.

À l'âge de soixante ans, je l'ai fait entrer tout entier dans ma mémoire, strophe par strophe, vers par vers, convaincu qu'il fallait le savoir sans faille ou renoncer. Il est de la taille sur laquelle se fonde toute une gamme de mes plaisirs. Récité lentement, il meuble ma mémoire de quinze minutes d'épanouissement phonétique. C'est aussi le cas du « Cimetière marin » de Paul Valéry [**65**], de « La Mort du loup » d'Alfred de Vigny [**35**], de « Booz endormi » de Victor Hugo [**37**], du « Corbeau » d'Edgar Poe [**40**], de l'« Ode à un rossignol » de John Keats [**25**], d'« Orphée. Eurydice. Hermès » de Rainer Maria Rilke [**71**].

C'est de cette dimension que ma vanité se nourrit. Comme s'il était trop facile de restituer des poèmes de la taille du sonnet. Comme s'il importait de tenir l'auditeur – d'ailleurs éventuellement soi-même – sous le charme assez longtemps pour qu'il reconnaisse la « performance ». Y a-t-il dans ce domaine une limite ? Risque-t-on de perdre une certaine authenticité d'amateur, d'entrer par effraction dans le champ clos de l'acteur professionnel ?

Ma joie de réciter franchit rarement ces bornes. Il faut que ce soit ou Rilke ou Apollinaire pour que je m'aventure au-delà : « La Chanson du mal-aimé », la « Première élégie de Duino » [**70**], exceptionnellement longs, exceptionnellement difficiles à mémoriser, je vous les garde pour la fin.

Du « Bateau ivre » je voudrais sortir ici de leur contexte cinq des cent alexandrins qui s'y poursuivent énergiquement de strophe en strophe, pour leur attribuer la palme de la poéticité :

Jeté par l'ouragan dans l'éther sans oiseau.

Remarquable de sobriété ; c'est l'un des alexandrins les plus modestes en nombre de lettres, trente-cinq alors que la moyenne est de quarante, son rythme est souple et simple, ses hémistiches de valeur comparable, un repos dans la récitation ; il évoque la solitude du bateau dans un moment où son ivresse est aérienne, où la mer est absente et les oiseaux inaudibles. En cela il me rappelle Goethe : *Die Vögelein schweigen im Walde*, prémonition de la mort ; il me fait penser à Keats : *And no birds sing*, étape finale de l'aliénation amoureuse du chevalier, et à « L'Émigrant de Landor Road » : *Sous des arbres pleins d'oiseaux muets*, un de mes favoris d'Apollinaire, un des plus surréalistes dans sa composition.

Les deux vers par lesquels se poursuit cette strophe sont empreints de la plus profonde modestie :

Moi dont les Monitors et les voiliers des Hanses
N'auraient pas repêché la carcasse ivre d'eau.

Et toute cette strophe, qui commence par « Or moi » se récite comme un renouveau de la navigation, qui met le bateau en face de lui-même avec plus d'intensité encore que dans les dix-sept strophes précédentes.

Planche folle, escorté des hippocampes noirs

pénètre quant à lui le récitant d'un plaisir inverse à celui du premier vers cité : plaisir d'abondance des sons complexes et des images vagabondes qui font penser aux vacheries hystériques de la quatorzième strophe. Là gît toute l'audace de Rimbaud !

Vient ensuite, dans le choix que je vous propose, un vers qui exige une pause dans la récitation, parce que dans un parcours qui n'était que nature surgit de l'existentiel :

Baiser montant aux yeux des mers avec lenteur.

Puis, onze strophes plus loin, ce vers qui exprime l'immense lassitude du bateau qui va lui faire regretter les anciens « parapets » de l'Europe :

Fileur éternel des immobilités bleues.

C'est un vers dont la construction très rare chez Rimbaud, unique dans « Le Bateau ivre », déphasant les deux hémistiches inégaux, rappelle la leçon de Verlaine, sa recherche d'une prosodie irrégulière, sa préférence pour l'impair. Me revient le passage dans *Paludes* où Gide attribue la surprise d'Angèle non pas à l'affirmation contestable : « Les capitaines vainqueurs ont une odeur forte », mais à sa construction boîteuse : « Je sais ce qui vous étonne : c'est la césure. »

Vient enfin cette instante prière, qui devrait selon moi constituer le dernier vers du poème :

Ô que ma quille éclate ! Ô que j'aille à la mer !

Ce vers n'est-il pas la plus convaincante conclusion du poème, cri à la fois de détresse et d'espoir ? Les deux dernières strophes, que j'ai eu le plus de mal à apprendre par cœur, sont presque superflues et le dernier vers, même s'il s'achève sur la sonorité sévère du mot « pontons » ne fait pas surgir en moi la même émotion. Mais peut-être fallait-il écrire non pas quatre-vingt-douze, mais cent vers. Qui peut savoir ce que sont les calculs d'un poète, peut-être ses superstitions ?

Plusieurs de mes ruminations poétiques remontent aux rencontres faites pendant ou tout de suite après la guerre. L'une d'elles concerne mon meilleur camarade des premières années des Nations unies, Brian Urquhart. Rencontré dès mon arrivée à New York, six mois après mon évasion du camp de Dora, Brian, dont l'unité britannique avait en avril 1945 pris part à la libération de cet enfer, me fit partager son goût pour un poète anglais du XVIIe siècle : Andrew Marvell.

Il y a donc presque soixante ans que j'ai appris par cœur son poème, intitulé « To his Coy Mistress » [**15**]. Comment traduire ce joli mot, *coy*, en français ? On sent bien qu'elle est déjà à moitié consentante, mais encore timide, peut-être réservée, sûrement pas seulement chaste. En tout cas, le poète ne lui laisse pas le choix : la longue évocation d'une respectueuse attente se brise au centre du poème sur un constat irréfutable :

But at my back I always hear
Time's wingèd chariot hurrying near.

Ce sera donc soit la tombe, *a fine and private place*, mais où nul ne s'embrasse, soit l'appel à une course à l'épanouissement sensuel, à laquelle la langue anglaise, que la période élisabéthaine a enrichie de sons et de sens, fournit un mode éblouissant. Je n'en garde ici que deux vers :

And tear our pleasures with rough strife
Thorough the iron gates of life.

Nous avons vieilli, Brian et moi, passé de longues années à nous préoccuper des problèmes du monde, mais chaque fois que nos chemins se croisent c'est d'abord Andrew Marvell que nous récitons en chœur et jusqu'à ses deux derniers vers :

Thus, though we cannot make our sun
Stand still, yet we will make him run.

Ce thème, Marvell est loin d'être le seul à s'y complaire. Mais il le fait avec une verve, un enthousiasme, une ironie, bien différente de la patte un peu lourde et pédagogique de Ronsard, très différente aussi de l'évocation mystérieuse et lucide de Yeats, et qui me fait penser aux vers encore plus lestes d'un des poètes contemporains que j'aime le mieux, Raymond Queneau [**86**] :

Si tu t'imagines
si tu t'imagines
fillette fillette
si tu t'imagines
xa va xa va xa
va durer toujours
la saison des za
la saison des za
saison des amours
ce que tu te goures
fillette fillette
ce que tu te goures.

Les vrais poètes aiment les mots au moins autant que les choses. C'est ce qui m'a fasciné lorsque j'ai fait la connaissance d'un poète anglais de la fin du XIXe siècle, Gerard Manley Hopkins, dont un court poème intitulé « Pied Beauty » [**55**] a trouvé son chemin sans une minute d'hésitation dans ma mémoire. La solide foi chrétienne du poète ne l'a pas dissuadé d'attribuer à Dieu le goût des choses biscornues et des vocables vifs de cette langue si riche en termes concrets et stimulants pour celui qui veut les réciter. Le titre est intraduisible dans sa brièveté et, dès le premier vers, Hopkins met Dieu à contribution :

Glory be to God for dappled things.

Il pourrait le remercier aussi pour avoir permis à la langue anglaise de posséder les vocables qui en restituent la saveur. Par exemple dans le quatrième vers de ce poème qui n'en compte que onze :

Fresh-firecoal chestnut-falls ; finches' wings.

Ce sont pour moi les marques indubitables de la poéticité.

J'aime réciter Hopkins, mais j'aime aussi, à l'autre extrémité de cette habitude, réciter « La Mort du loup » de Vigny, le plus théâtral de tous les poèmes que je sais par cœur. Il s'étale à travers ses alexandrins particulièrement harmonieux comme un vrai spectacle à découvrir pas à pas. Même si l'auditoire qui connaît Vigny aussi bien que moi est tenté de doubler mon débit (ce qui fait grincer des dents), je parviens à donner à ma récitation un rythme qui en accentue l'allure chasseresse, sans glisser dans l'excès du pathétique de ce front reposé sur un fusil sans poudre.

Pour faire honneur à ce qu'Alfred de Vigny a de plus secret, je me rattrape en proférant les sept derniers vers de « La Maison du berger » [**36**], dont ceux-ci, très nostalgiques :

Nous marcherons ainsi ne laissant que notre ombre
Sur cette terre ingrate où les morts ont passé

Je suis resté de longues années loin de l'Allemagne, n'ai plus eu d'interlocuteurs de langue allemande, ai travaillé en anglais et en français, jusqu'au jour où un ami, Michel Culin, versé dans les problèmes culturels des deux Allemagnes séparées par le mur de Berlin, m'a convaincu de siéger au conseil d'administration de l'Office franco-allemand pour la jeunesse. Les rencontres initiées par cette institution, qui date de 1963, se prêtent à la récitation de poèmes dans les deux langues et je me suis aperçu qu'il m'était encore facile d'accueillir dans ma mémoire certaines des œuvres courtes et vives de cette période bénie du romantisme allemand, époque de grande liberté culturelle qui précède l'unité impériale, celle des petits royaumes, des principautés et des évêchés.

Trois poètes se sont donc inscrits plus récemment dans mon répertoire avec d'autant plus de plaisir que c'est le rythme des vers plus que le thème somme toute conventionnel qui les fait scintiller.

Le plus ancien des trois est Joseph von Eichendorff (1788-1857), dont j'ai appris, su, oublié, reconquis plusieurs poèmes d'un lyrisme suave. J'en retiens un qui est passé d'un seul coup de la lecture à l'accueil ébloui. Il s'intitule « Mondnacht » [**24**] et embarque le récitant sur le navire d'une image de tendresse entre le ciel et la terre, puis lui fait parcourir un paysage illuminé par une nuit étoilée et ouvrir les ailes de son âme, prête à rejoindre une rive qui est à la fois la naissance et la mort.

La deuxième œuvre, de Conrad Ferdinand Meyer (1825-1898), n'est qu'un jeu – mais la mémoire adore les jeux – qui transpose en huit vers une harmonie aquatique en trois temps, celle d'une fontaine romaine à trois bassins superposés [**52**].

Le troisième poète est Eduard Mörike (1804-1875), avec qui j'ai eu il y a une dizaine d'années de nombreux contacts à Stuttgart, sa ville natale. L'académie Hugo-Wolff, qui y a son siège, avait conçu le projet de me convier pour lire des textes sur une estrade, dans les intervalles entre les morceaux joués par d'excellents musiciens. Cette expérience inattendue et stimulante s'est répétée à trois reprises : la dernière fois c'était l'année Mörike, en 2004, pour le deux-centième anniversaire de sa naissance. J'ai donc lu le très beau texte que Mörike a écrit sur l'un des derniers épisodes de la vie de Mozart. Obstiné comme je peux l'être, j'avais mis comme condition à ma venue de pouvoir réciter un poème de Mörike, préalablement appris par cœur, son plus célèbre, « Mein Fluss ». Celui-là est sorti depuis de ma mémoire, mais un autre, « Denk'es, o Seele » [**38**], sur lequel je suis tombé en chemin, s'y est faufilé et occupe désormais, dans sa très courte taille, une place de choix sur l'arc qui se bande pour moi entre la poésie et la mort.

Par où la poésie atteint-elle cette « cellule de crise » située quelque part à la convergence de la nature et de la culture, de l'âme et du corps, de l'esprit et de la matière, qui, lorsqu'elle est visée et atteinte, donne à son porteur – un être humain – un signal irrécusable ? Il n'est pas nécessaire que son contenu soit pathétique, comme dans « La Mort du loup » de Vigny, « Le Lac » de Lamartine ou « La Nuit de mai » de Musset. Il peut être porté par un plaisir de bouche, comme dans certains vers de Verlaine, par un plaisir d'oreille, comme si souvent chez Keats ou chez Rimbaud. Mais sa capacité à percer la frontière entre le quotidien et l'immémorial se nourrit de mystère et même d'égarement.

Pour moi, les *Chimères* de Gérard de Nerval en sont le meilleur exemple. Leur prosodie est simple et classique. Six sonnets de même architecture. Deux fois quatre vers, puis deux fois trois vers, tous des alexandrins qui s'apprennent facilement et se récitent en moins de deux minutes chacun, concentrant ainsi l'attention au point d'agir sur cette « cellule de crise » comme une flèche ciblée. Mais les images qui s'y succèdent et s'y entrecroisent mobilisent la gamme la plus vaste des repères culturels.

Aussi y a-t-il une satisfaction particulière à les aligner tous les six dans une récitation intime, plus encore qu'à les proférer, tant l'auditoire ne leur accordera pas la même attention renouvelée que celui qui les a appris par cœur.

J'ai une prédilection particulière pour celui qui s'intitule « Anteros » [**42**] dont chacune des quatre strophes comporte un moment d'égarement, donc d'arrachement à ce qui serait un simple contexte de révolte.

Du premier et du deuxième quatrain, je vous propose de soupeser le deuxième vers :

Et sur un col flexible une tête indomptée ;

Il a marqué mon front de sa lèvre irritée.

Mais surtout des deux tercets les deux seconds vers :

Qui, du fond des enfers, criait : « Ô tyrannie ! »

ou, pour moi le plus étrange :

Et, protégeant tout seul ma mère Amalécyte.

Nerval nous dit que « la Muse l'a fait un des fils de la Grèce » : pour moi qui dit Grèce dit mythologie, et nous avons déjà avec Robert Graves noté les liens profonds entre poésie et mythe, entre message poétique et cette « iconographie verbale » qui, selon lui, définit le mythe, tous les mythes authentiques dans leur diversité féconde et dans leur fondamentale unité : le lien entre la vie éphémère et les ténèbres immenses qui lui donnent son relief.

Il est temps de parler de Rilke. J'ai beaucoup insisté déjà sur tout ce que je dois à ma mère, sur le flux de passion poétique, spontanée, naïve, sensuelle, qui est passé d'elle en moi. Ce flux, j'ai la conviction qu'elle-même en devait une part à ses relations d'amitié avec celui qu'il m'a été transmis de considérer comme le plus pur et le plus vrai. Ma relation avec lui est donc intime : le court poème en langue française (pourquoi puisqu'ils étaient allemands l'un et l'autre ?) qu'il lui a dédié, dont je ne retiens que le premier vers : *Géranium rouge qui éclate*, n'y joue aucun rôle. En revanche, ce qui fait de Rainer Maria Rilke un compagnon de temps de vie et de temps d'approche de la mort, c'est que les premiers vers de langue allemande que j'ai appris par cœur sont de lui et que ce n'est qu'au seuil de ma quatre-vingt-cinquième année que j'ai enfin réussi à ajouter à mon patrimoine mnémonique sa « Première élégie de Duino », puis à prendre connaissance de l'analyse que lui-même a faite du sens que cette œuvre comporte.

Très jeune, j'ai appris ses « Trois Rois mages » [**74**], qui sont d'ailleurs un poème pour enfant, tant est puérile la rencontre entre l'étoile et les rois, tant est communicatif le rire de l'étoile à voir la procession sonore et bizarre de Balthazar, Gaspard (en allemand Kaspar, c'est mon deuxième prénom, mais dérivé sans doute de l'étrange figure de Kaspar Hauser, l'orphelin de l'Europe, plutôt que du roi mage) et Melchior.

Donc, première libération poétique de l'enfant, fier de réciter un long poème de Rilke et nullement gêné de n'en pas comprendre les quatre derniers vers, de les mémoriser pour le son et par le son, non pour et par le sens, sens que j'ai toujours et jusqu'à aujourd'hui laissé en suspens.

Puis est venue, beaucoup plus tard, la conquête persévérante du poème au long des vers duquel s'épanouissent toutes mes ferveurs et tous mes frissons : « Orphée. Eurydice. Hermès » [**71**].

Les premiers vers de ce poème sont les plus obscurs et les plus lourds de mystère, qu'il ne faut à aucun prix

« éclaircir » mais bien accueillir comme une vision géo-théo-logique : ce lieu désigné comme *der Seelen wunderliches Bergwerk*, l'appeler « merveilleuse mine des âmes » ne serait d'aucun effet tant l'allemand apporte ici une charge incomparable.

À partir du quinzième vers, tout devient clair : les pas des trois personnages s'engagent sur le chemin, ceux d'Orphée « dévorent ce chemin sans mâcher », tant il a hâte, ceux d'Hermès conduisent prudemment la morte, Eurydice, dont la description dépasse en tendresse tout ce que j'ai jamais appris par cœur. Laissez-moi insister sur trois vers, d'abord, puis sur deux autres qui reviennent à deux reprises :

Sie war schon aufgelöst wie langes Haar
und hingegeben wie gefallner Regen
und ausgeteilt wie hundertfacher Vorrat.

Et les deux vers qui terminent le poème et reprennent sans rien y changer la première présentation faite d'Eurydice :

den Schritt beschrenkt von langen Leichenbändern
unsicher, sanft und ohne Ungeduld.

Qu'est-ce qui, dans ce poème, touche en moi ce qui à mes yeux me caractérise comme fasciné par la mythologie grecque, seule vraie voie d'accès aux formes du divin où rien ne me choque ? Est-ce l'histoire qu'elle raconte, celle qui témoigne de la vanité des efforts des humains pour déjouer leur destin ? L'échec si près du but, donc l'échec le plus douloureux, puisqu'il aurait suffi de ce petit plus de persévérance qui transforme la passion en victoire – mais c'est précisément parce qu'il y aura échec qu'il y a passion ; le succès n'aurait été qu'un « travail » de plus, comme le sont la majorité des travaux d'Hercule. Si somptueux que soit leur récit, ils m'émeuvent moins que celui de la trahison de Déjanire, par où la jalousie s'avère plus meurtrière que le plus fougueux des centaures. C'est la combinaison létale d'Hercule, de Nessus et de Déjanire que Christian Pineau avait pris pour thème d'une pièce de théâtre à Buchenwald. Le souvenir ne m'en a jamais quitté : force du drame « antique » confrontée aux affres d'un KZ, où j'attendais, comme vraisemblable, ma pendaison.

L'échec d'Orphée – on sent bien qu'il ne lui était pas permis de réussir – est aussi l'échec d'Hermès, mais aucunement celui d'Eurydice, restée tout au long du parcours emplie de mort et enrobée de bandelettes. Hermès (savait-il ?) nous est présenté par le poète comme deux fois douloureux : *mit Schmerz im Aufruf*, pour dire l'échec, puis *mit trauervollem Blick* pour suivre la *Gestalt* – la silhouette – d'Eurydice regagnant le royaume d'Hadès.

Aussi suis-je incapable d'aller au bout de cette récitation, une de celles où se donne libre cours mon orgueil du « par cœur », sans que mes yeux à moi s'embuent à la semblance du regard du dieu.

La mort est-elle dans ce poème plus forte que la vie ? Non. Elle est simplement accueillante à la beauté qu'elle transpose de la vie éphémère à sa nouvelle fonction de racine, non sans passer par la dissolution de ses éléments caducs : la longue chevelure dénouée, la chair répandue comme une pluie et répartie comme une nourriture pour tous.

J'avais déjà dépassé mon quatre-vingtième anniversaire, lorsque mes conversations avec Christian Planque sur le rôle de la mort comme passage obligé entre le doute et le savoir m'ont ramené à Rainer Maria Rilke. Je m'apercevais que j'étais resté aux portes des poèmes où il aborde avec le plus d'élévation d'esprit ce problème désormais le plus important pour moi : les *Sonnets à Orphée* et les *Élégies de Duino*. Je me résolus donc à apprendre par cœur au moins l'une de ces élégies, la première. Invité à Berlin à une rencontre célébrant la fraternité des capitales de l'Allemagne et de la France, en ma qualité de natif de l'une et de résident de l'autre, je décidai de faire impression sur l'auditoire très officiel comportant les deux maires et bien d'autres personnalités, en passant à la fin de mon intervention du français à l'allemand pour réciter (en tremblant un peu de peur d'en manquer un mot) les cinq derniers vers de la « Première élégie de Duino » :

Ist die Sage umsonst daß einst in der Klage um Linos
wagende erste Musik dürre Erstarrung durchdrang ;
daß erst im erschrockenen Raum, dem ein beinah
göttlicher Jüngling
plötzlich für immer enttrat, das Leere in jene
Schwingung geriet, die uns jetzt hinreißt, und tröstet,
und hilft.

Irai-je plus loin ? Ferai-je entrer dans cette mémoire encore accueillante – mais pour combien de temps – d'autres élégies et tel ou tel sonnet à Orphée ? J'y serais indubitablement incité par le poète lui-même, si j'en crois le texte que m'a fait parvenir la plus poétique de mes amies allemandes, Roseli Bontjes van Beek, lorsque je lui eus avoué que la « Première élégie » appartenait désormais à mon patrimoine. Elle a été la traductrice méticuleuse de mon livre de souvenirs et le village où se trouve sa maison a été habité par Rilke et par sa femme Clara. Il porte le joli nom de Fischerhude et garde le souvenir de certains des grands artistes de l'Allemagne préhitlérienne.

Voici maintenant cette lettre de Rilke à son ami Hulewicz[1] qui s'inquiétait de ne pas bien saisir l'intention du poète exprimée dans les *Élégies de Duino* :

1. Rainer Maria Rilke, *Œuvres complètes*, vol. 3, *Correspondance*, Paris, Éd. du Seuil, 1976, p. 588-592.

Et suis-je, *moi*, celui qui peut donner des *Élégies* la juste explication ? Elles me dépassent infiniment. Je les tiens pour l'élaboration amplifiée des hypothèses essentielles qui étaient déjà présentes dans le *Livre d'heures*, qui, dans les deux parties des *Nouveaux Poèmes* utilisent l'image du monde sur le mode du jeu et de l'essai, et qui dans *Malte*, condensées jusqu'au conflit, se répercutent sur la vie et prouvent, ou peu s'en faut, que cette vie flottant au-dessus du sans-fond est impossible. Dans les *Élégies*, à partir des mêmes données, la vie redevient possible, elle reçoit même ici cette *approbation* définitive à laquelle le jeune Malte, bien qu'il fût sur le juste et rude chemin des « longues études », ne pouvait encore la faire accéder. Dans les *Élégies*, *l'affirmation de la vie et celle de la mort se révèlent ne faire qu'un*. Reconnaître l'une sans l'autre serait, telle est l'expérience ici fêtée, une limitation qui exclurait finalement tout infini. La mort est *la face de la vie* détournée de nous, non éclairée par nous : nous devons essayer de réaliser la plus grande conscience de notre existence, qui est chez elle dans *les deux domaines illimités, par l'un et l'autre inépuisablement nourrie*... La vraie figure de la vie s'étend sur les *deux* domaines, le sang de la circulation suprême passe dans les *deux* : *il n'y a ni En-deçà, ni Au-delà, rien que la grande Unité* où ces êtres qui nous surpassent, les « anges », sont chez eux. Passons à la situation du problème de l'amour dans ce monde agrandi de sa plus vaste moitié, dans ce monde maintenant seulement *entier*, maintenant seulement *intact*. Je suis surpris que les *Sonnets à Orphée*, qui sont au moins aussi « graves », et lourds de la même essence, ne vous soient pas d'un plus grand secours pour comprendre les *Élégies*. Celles-ci furent commencées en 1912 (à Duino), continuées (fragmentairement) en Espagne et à Paris, jusqu'en 1914 ; la guerre interrompit complètement ce travail, mon plus grand travail ; quand je me risquai à les reprendre (ici), en 1922, les nouvelles *Élégies* et le complément des anciennes furent précédés, en quelques jours de tempête, par les *Sonnets à Orphée* (qui n'étaient nullement dans mes projets). Ils sont, comme il n'en pouvait être autrement, de la même « naissance » que les *Élégies*, et la brusquerie, involontaire, de leur surgissement, lié à la mort prématurée d'une jeune fille, les rapproche encore de leur source originelle ; ce lien est un rapport de plus dans la direction du centre de *ce* royaume dont nous-mêmes, sans nulles limites précises, partageons la profondeur et l'influence avec les morts et les êtres à venir.

Nous, êtres d'ici et de maintenant, nous ne pouvons être un seul instant comblés, ni engagés, dans le monde du temps, nous ne cessons d'aller au-delà, vers ceux d'avant, vers notre ascendance, et vers ceux qui viendront apparemment après nous. Dans ce monde « ouvert », le plus grand, tous sont, on ne peut dire « en même temps », car la cessation du temps implique précisément que tous *soient*, sans plus. Partout, la temporalité s'abîme dans la profondeur de l'être. Il faut donc non seulement utiliser toutes les formes de l'Ici dans les limites du temps, mais encore, autant que faire se peut, les intégrer dans ces significations supérieures auxquelles nous avons part. *Mais pas dans le sens chrétien* (dont je m'éloigne toujours plus passionnément) : il s'agit, avec une conscience purement terrestre, profondément terrestre, radieusement terrestre, d'intégrer tout ce que l'on touche, tout ce que l'on regarde *ici* dans cet horizon plus vaste, le plus vaste. Non pas dans un au-delà dont l'ombre enténèbre la terre, mais dans un Tout, *dans le Tout*. La nature, les choses de notre commerce et de notre usage, sont choses provisoires et caduques ; mais elles sont, aussi longtemps que nous sommes *ici*, *notre* bien et notre amitié, des complices de notre détresse et de notre joie, comme elles ont été les familières de nos ancêtres. Il ne s'agit donc pas seulement de ne pas condamner ou rabaisser l'Ici ; mais du fait même de la précarité qu'ils partagent avec nous, ces phénomènes et ces choses doivent être par nous compris selon la plus intime entente, et transformés. Transformés ? Oui, car notre tâche est d'imprimer en nous cette terre provisoire et caduque si profondément, si douloureusement et passionnément que son essence ressuscite « invisible » en nous. *Nous sommes les abeilles de l'Invisible. Nous butinons éperdument le miel du visible, pour l'accumuler dans la grande ruche d'or de l'Invisible*[1]. Les *Élégies* nous montrent à l'ouvrage, occupées à ces continuelles transpositions du Visible et du Tangible aimé en la vibration et l'animation invisibles de notre nature, qui introduit de nouvelles fréquences dans les longueurs d'ondes de l'univers. (Comme les différentes matières de l'univers ne sont que des indices de fréquences différentes, nous préparons de la sorte non seulement des intensités de nature spirituelle, mais, qui sait ?, des corps, des métaux, des nébuleuses et des constellations nouvelles.) Et cette activité se trouve singulièrement fortifiée et accélérée par la disparition toujours plus rapide de tant de choses visibles qui ne seront pas remplacées. Pour nos grands-parents encore, une « maison », une « fontaine », une tour familière, et même leurs habits, leur manteau, étaient infiniment plus, infiniment plus familiers, chaque chose ou presque un réceptacle dans lesquels ils trouvaient de l'humain et en épargnaient. Aujourd'hui, l'Amérique nous inonde de choses vides, indifférentes, de pseudo-choses, *d'attrapes-vie*… Une maison, au sens américain, une pomme ou une grappe de raisin américaines, n'ont *rien* de commun avec la maison, le fruit, la grappe qu'avaient imprégnés les pensives espérances de nos aïeux… Les choses douées de vie, les choses vécues, *conscientes de nous*, sont sur leur déclin et ne seront pas remplacées. *Nous sommes peut-être les derniers qui aurons connu encore de telles choses*. Nous avons la responsabilité de sauvegarder non seulement leur souvenir (ce serait peu de chose et bien peu sûr), mais leur valeur humaine et larique (au sens des divinités du foyer). La terre n'a pas d'autre issue que de devenir invisible : *en nous*, qui participons pour une part de nous-mêmes à l'Invisible, qui en possédons (au moins) des actions, et qui pouvons augmenter notre capital d'Invisible pendant

1. En français dans le texte.

que nous sommes ici, – *en nous* seulement peut s'accomplir cette transfiguration intime et durable du Visible en Invisible, en une réalité qui n'ait plus besoin d'être visible et tangible, de même que notre propre destin, en nous, ne cesse *de se faire à la fois invisible et plus présent.* Les *Élégies* instituent cette norme de l'existence : elles affirment, elles fêtent cette conscience. Elles l'intègrent prudemment dans son histoire, en mobilisant pour cette hypothèse de très anciennes traditions ou rumeurs de traditions, et en évoquant même dans le culte des morts égyptien une prescience de tels rapports. (Bien que le « Pays des Plaintes » à travers lequel la « plainte » adulte conduit le jeune mort *ne doive pas être assimilé* à l'Égypte, n'étant qu'une sorte de reflet du pays du Nil dans la clarté déserte de la conscience du mort). Commettre l'erreur d'appliquer aux *Élégies* et aux *Sonnets* les conceptions *catholiques* de la mort, de l'Au-delà et de l'éternité, c'est s'éloigner radicalement de leur orientation et s'exposer à les mésentendre de plus en plus gravement. L'« ange » des *Élégies* n'a rien à voir avec l'ange du ciel chrétien (plutôt avec les figures d'anges de l'islam)... L'ange des *Élégies* est la créature chez qui la transformation du Visible en Invisible à quoi nous nous employons apparaît déjà accomplie. Pour l'ange des *Élégies*, toutes les tours, tous les palais passés sont existants, *parce que* depuis longtemps invisibles, et les tours et les ponts encore debout dans notre existence *déjà* invisibles, bien qu'encore (pour nous) matériellement présents. L'ange des *Élégies* est le garant du plus haut degré de réalité de l'Invisible. De là vient qu'il est « terrible » pour nous, qui restons encore attachés au Visible que nous aimons et transformons. – Tous les mondes de l'univers s'abîment dans l'Invisible, qui est pour eux le degré de réalité suivant, plus profond ; *quelques étoiles s'exaltent immédiatement et disparaissent dans la conscience infinie des anges –, d'autres sont affectés à des êtres qui les transforment lentement, laborieusement, et dans l'effroi et le ravissement de qui elles accèdent à leur état suivant, à leur réalisation invisible. Nous sommes*, il faut le souligner encore une fois, *nous sommes, nous, ces transformateurs de la Terre, toute notre existence, les vols et les chutes de notre amour, tout nous qualifie pour cette tâche* (à côté de laquelle il n'en est aucune, essentiellement, qui tienne). (Les *Sonnets* montrent des éléments de cette activité, placée ici sous le nom et la protection d'une jeune morte dont l'inaccomplissement et l'innocence maintiennent ouverte la porte du tombeau, de sorte que, décédée, elle fait partie de ces puissances qui gardent une moitié de la vie fraîche et ouverte en direction de l'autre, béante comme sur une blessure.) *Élégies* et *Sonnets* s'étayent constamment, – et je considère comme une grâce infinie d'avoir pu gonfler du même souffle ces deux voiles : la petite voile couleur de rouille des *Sonnets* et l'immense voile blanche des *Élégies*.

Puissiez-vous, cher ami, trouver ici quelques conseils et indications et, pour le reste, vous aider vous-même. En effet, je ne sais si j'en pourrai jamais dire plus.

Votre
R. M. Rilke.

J'ai entrepris cette exploration au seuil de ma quatre-vingt-huitième année, j'en vois venir le terme. Elle aura permis à l'européen militant que je suis de partager, avant d'en être privé moi-même, les plaisirs tantôt clairs, tantôt mystérieux que procurent la mise en mémoire, puis la mise en haleine de poèmes français, allemands et anglais.

Chacun de ceux d'où me parvient une émotion particulière me prépare à mieux accueillir la mort.

Trilingologie poétique

Voici donc, cher lecteur,
Quatre-vingt-huit poèmes
Que je veux que tu aimes
Que j'ai appris par cœur !

1. L'Épitaphe ou Ballade des pendus

Frères humains, qui après nous vivez,
N'ayez les cœurs contre nous endurcis,
Car, si pitié de nous pauvres avez,
Dieu en aura plus tôt de vous mercis.
Vous nous voyez ci attachés, cinq, six :
Quant à la chair, que trop avons nourrie,
Elle est piéça dévorée et pourrie,
Et nous, les os, devenons cendre et poudre.
De notre mal personne ne s'en rie ;
Mais priez Dieu que tous nous veuille absoudre !

Se frères vous clamons, pas n'en devez
Avoir dédain, quoique fûmes occis
Par justice. Toutefois, vous savez
Que tous hommes n'ont pas bon sens rassis.
Excusez-nous, puisque sommes transis,
Envers le fils de la Vierge Marie,
Que sa grâce ne soit pour nous tarie,
Nous préservant de l'infernale foudre.
Nous sommes morts, âme ne nous harie,
Mais priez Dieu que tous nous veuille absoudre !

La pluie nous a débués et lavés,
Et le soleil desséchés et noircis.
Pies, corbeaux nous ont les yeux cavés,
Et arraché la barbe et les sourcils.
Jamais nul temps nous ne sommes assis
Puis çà, puis là, comme le vent varie,

À son plaisir sans cesser nous charrie,
Plus becquetés d'oiseaux que dés à coudre.
Ne soyez donc de notre confrérie ;
Mais priez Dieu que tous nous veuille absoudre !

Prince Jésus, qui sur tous a maistrie,
Garde qu'Enfer n'ait de nous seigneurie :
À lui n'ayons que faire ne que soudre.
Hommes, ici n'a point de moquerie ;
Mais priez Dieu que tous nous veuille absoudre !

2. Le Testament (extrait)

Et meurent Pâris et Hélène,
Quiconque meurt, meurt à douleur
Telle qu'il perd vent et haleine
Son fiel se crève sur son cœur,
Puis sue, Dieu sait quelle sueur
Et n'est qui de ses maux l'allège :
Car enfant n'a, frère ni sœur
Qui lors voulût être son plège.

La mort le fait frémir, pâlir,
Le nez courber, les veines tendre,
Le col enfler, la chair mollir,
Jointes et nerfs croître et étendre.

Corps féminin qui tant est tendre
Poli, souëf, si précieux,
Te faudra-t-il ces maux attendre ?
Oui, ou tout vif aller aux cieux.

JOACHIM DU BELLAY (NÉ EN 1522)

3. **Sonnet**

Heureux qui, comme Ulysse, a fait un beau voyage,
Ou comme cestuy-là qui conquit la toison,
Et puis est retourné, plein d'usage et raison,
Vivre entre ses parents le reste de son âge !

Quand reverrai-je, hélas, de mon petit village
Fumer la cheminée, et en quelle saison
Reverrai-je le clos de ma pauvre maison,
Qui m'est une province, et beaucoup davantage ?

Plus me plaît le séjour qu'ont bâti mes aïeux,
Que des palais Romains le front audacieux,
Plus que le marbre dur me plaît l'ardoise fine :

Plus mon Loire gaulois, que le Tibre latin,
Plus mon petit Liré, que le mont Palatin,
Et plus que l'air marin la doulceur angevine.

4. **Sonnet**

France, mère des arts, des armes et des lois,
Tu m'as nourri longtemps du lait de ta mamelle :
Ores, comme un agneau qui sa nourrice appelle,
Je remplis de ton nom les antres et les bois.

Si tu m'as pour enfant avoué quelquefois,
Que ne me réponds-tu maintenant, ô cruelle ?
France, France, réponds à ma triste querelle.
Mais nul, sinon Écho, ne répond à ma voix.

Entre les loups cruels j'erre parmi la plaine,
Je sens venir l'hiver, de qui la froide haleine
D'une tremblante horreur fait hérisser ma peau.

Las, tes autres agneaux n'ont faute de pâture,
Ils ne craignent le loup, le vent ni la froidure :
Si ne suis-je pourtant le pire du troupeau.

5. **Sonnet**

Quand vous serez bien vieille, au soir, à la chandelle,
Assise aupres du feu, devidant et filant,
Direz, chantant mes vers, en vous esmerveillant :
Ronsard me celebroit du temps que j'estois belle.

Lors, vous n'aurez servante oyant telle nouvelle,
Desja sous le labeur à demy sommeillant,
Qui au bruit de mon nom ne s'aille resveillant,
Benissant vostre nom de louange immortelle.

Je seray sous la terre et fantaume sans os :
Par les ombres myrteux je prendray mon repos :
Vous serez au fouyer une vieille accroupie,

Regrettant mon amour et vostre fier desdain.
Vivez, si m'en croyez, n'attendez à demain :
Cueillez dés aujourd'huy les roses de la vie.

6. **Sonnet**

Comme on voit sur la branche au mois de may la rose,
En sa belle jeunesse, en sa premiere fleur,
Rendre le ciel jaloux de sa vive couleur,
Quand l'Aube de ses pleurs au poinct du jour l'arrose ;

La grace dans sa feuille, et l'amour se repose,
Embasmant les jardins et les arbres d'odeur ;
Mais batue ou de pluye, ou d'excessive ardeur,
Languissante elle meurt, fueille à fueille déclose.

Ainsi en ta premiere et jeune nouveauté,
Quand la Terre et le Ciel honoraient ta beauté,
La Parque t'a tuee, et cendre tu reposes.

Pour obseques reçoy mes larmes et mes pleurs,
Ce vase pleine de laict, ce panier plein de fleurs,
Afin que vif et mort ton corps ne soit que roses.

7. Julius Cesar, Acte III, sc. 2 (extraits)

Friends, Romans, Countrymen, lend me your ears
I come to bury Cesar, not to praise him
The evil that men do lives after them
The good is oft entered with their bones.
So let it be with Cesar.
[…]
If you have tears prepare to shed them now.
You all do know this mantle. I remember
The first time ever Cesar put it on ;
'T'was on a summer's evening in his tent,
That day he overcame the Nervii.
Look ! In this place ran Cassius' dagger through
See what a rent the envious Casca made.
Through this the well-beloved Brutus stabbed
And as he plucked his cursed steel away
Mark how the blood of Cesar followed it
As rushing out of doors, to be resolved
If Brutus so unkindly knock'd or no :
For Brutus as you know was Cesar's angel
Judge, O you gods, how dearly Cesar loved him !
This was the most unkindest cut of all
For when the noble Cesar saw him stab
Ingratitude more strong than traitors arms
Quite vanquished him ; then burst his mighty heart
And in his mantle muffling up his face,
Even at the feet of Pompey's statua
Which all the while ran blood, great Cesar fell.
O what a fall was there, my countrymen !

Then I and you and all of us fell down
While bloody treason flourished over us.
[…]
I come not, friends, to steel away your hearts,
I am no orator, as Brutus is
But as you know me all, a plain, blunt man
That loves his friend, and that they knew full well
That gave me public leave to speak of him.
For I have neither wit, nor words, nor worth
Action, nor utterance, nor the power of speech
To stir men's blood, I only speak right on ;
I tell you that which you yourselves do know
Show you sweet Cesar's wounds, poor, poor, dumb mouths
And bid them speak for me. But were I Brutus
And Brutus Anthony. There were an Anthoby
Would ruffle up your spirits and put a tongue
In every wound of Cesar that should move
The stones of Rome to rise and mutiny.

8. **Hamlet, Acte III, sc. 1 (extrait)**

To sleep, perchance to dream, ay, there's the rub ;
For in that sleep of death what dreams may come
When we have shuffled off this mortal coil,
Must give us pause, there's the respect
That makes calamity of so long life ;
For who would bear the whips and scorns of time,
The oppressor's wrong, the proud man's contumely,
The pangs of despised love, the law's delay,
The insolence of office and the spurns
That patient merit of the unworthy takes,
When he himself could his quietus make
With a bare bodkin ? Who would fardels bear
To grunt and sweat under a weary life ;
But that the dread of something after death
That undiscovered country from whose bourns
No traveller returns, – puzzles the will
And makes us rather bear those ills we have
Than fly to others that we know not of ?
Thus conscience does make cowards of us all
And thus the native hue of resolution
Is sicklied o'er with the pale cast of thought
And enterprises of great pith and moment
With this regard their currents turn awry,
And lose the name of action.

9. **Macbeth, Acte V, sc. 5 (extrait)**

To-morrow and to-morrow and to-morrow
Creeps in that petty pace from day to day
To the last syllable of recorded time
And all our yesterdays have lighted fools
The way to dusty death. Out, out, brief candle !
Life's but a fleeting shadow, a poor player
That struts and frets a while upon the stage
And then is heard no more. It is a tale
Told by an idiot, full of sound and fury
Signifying nothing.

10. **Sonnet n° 27**

Weary with toil, I haste me to my bed
The dear respose for limbs with travel tired,
But then begins a j ourney in my head
To work my mind when body's work's expired
For then my thoughts (from far where I abide)
Intend a zealous pilgrimage to thee
And keep my drooping eyelids open wide
Looking at darkness which the blind do see,
Save that my soul's imaginary sight
Presents thy shadow to my sightless view
Which like a jewel hung in ghastly night
Makes black night beauteous and her old face new
  Lo, thus by day my limbs, by night my mind
  For thee, and for myself, no quiet find.

11. **Sonnet n° 29**

When in disgrace with fortune and men's eyes
I all alone beweep my outcast state
And trouble deaf heaven with my bootless cries
And look upon myself and curse my fate,
Wishing me like to one more rich in hope,
Featured like him, like him with friends possessed,
Desiring this man's art and that man's scope
With what I most enjoy contented least
Yet in those thoughts, myself almost despising,
Haply I think on thee and then my state
(Like to the lark at break of day arising
From sullen earth) sings hymns at heaven's gate
  For thy sweet love remembered such wealth brings
  That then I scorn to change my state with kings.

12. **Sonnet n° 65**

Since brass, nor stone, nor earth, nor boundless sea
But sad mortality o'ersways their power
How with this rage shall beauty hold a plea
Whose action is no stronger than a flower ?
O how shall summer's honeybreath hold out
Against the wreckful siege of batt'ring days
When rocks impregnable are not so stout
Nor gates of steel so strong but time decays ?
O fearful meditation, where alack,
Shall time's best jewel from times chest lie hid ?
Or whose strong hand can hold his swift foot back
Or who his spoils of beauty can forbid ?
  O none, unless this miracle have might :
  That in black ink my love may still shine bright.

13. **Sonnet n° 71**

No longer mourn for me when I am dead
Than you shall hear the surly sullen bell
Give warning to the world that I am fled
From this vile world with vilest worms to dwell :
Nay, if you read this line, remember not
The hand that writ it, for I love you so,
That I in your sweet thoughts would be forgot,
If thinking on me then should make you woe.
O ! if, I say, you look upon this verse,
When I perhaps compounded am with clay,
Do not so much as my poor name rehearse ;
But let your love even with my life decay ;
  Lest the wise world should look into your moan,
  And mock you with me after I am gone.

14. **Sonnet n° 116**

Let me not to the marriage of true minds
Admit impediment. Love is not love
Which alters when it alteration finds,
Or bends with the remover to remove.
O no it is an ever-fixed mark
That looks on tempests and is never shaken,
It is a star to every wandering bark
Whose worth's unknown although its height be taken.
Love's not Time's fool though rosy lips and cheeks
Within its bending sickle's compass come,
Love alters not with his brief hours and weeks
But bears it out even to the edge of doom.
  If this be error and upon me proved
  I never writ nor no man ever loved

15. **To his Coy Mistress**

Had we but world enough, and time,
This coyness, lady, were no crime.
We would sit down and think which way
To walk, and pass our long love's day ;
Thou by the Indian Ganges' side
Shouldst rubies find ; I by the tide
Of Humber would complain. I would
Love you ten years before the Flood ;
And you should, if you please, refuse
Till the conversion of the Jews.
My vegetable love should grow
Vaster than empires, and more slow.
An hundred years should go to praise
Thine eyes, and on thy forehead gaze ;
Two hundred to adore each breast,
But thirty thousand to the rest ;
An age at least to every part,
And the last age should show your heart.
For, lady, you deserve this state,
Nor would I love at lower rate.

But at my back I always hear
Time's winged chariot hurrying near ;
And yonder all before us lie
Deserts of vast eternity.
Thy beauty shall no more be found,
Nor, in thy marble vault, shall sound
My echoing song ; then worms shall try

That long preserv'd virginity,
Turn your quaint honour into dust,
And into ashes all my lust.
The grave's a fine and private place,
But none I think do there embrace.

Now therefore, while the youthful hue
Sits on thy skin like morning dew,
And while thy willing soul transpires
At every pore with instant fires,
Now let us sport us while we may;
And now, like am'rous birds of prey,
Rather at once our time devour,
Than languish in its slow-chapp'd power.
Let us roll all our strength, and all
Our sweetness, up into one ball;
And tear our pleasures with rough strife
Thorough the iron gates of life.
Thus, though we cannot make our sun
Stand still, yet we will make him run.

Jean de La Fontaine (né en 1621)

16. L'Alouette et ses Petits avec le Maître d'un champ

Ne t'attends qu'à toi seul, c'est un commun Proverbe.
Voici comme Ésope le mit
En crédit.

Les alouettes font leur nid
Dans les blés, quand ils sont en herbe,
C'est-à-dire environ le temps
Que tout aime et que tout pullule dans le monde :
Monstres marins au fond de l'onde,
Tigres dans les forêts, alouettes aux champs.
Une pourtant de ces dernières
Avait laissé passer la moitié d'un printemps
Sans goûter le plaisir des amours printanières.
À toute force enfin elle se résolut
D'imiter la nature, et d'être mère encore.
Elle bâtit un nid, pond, couve, et fait éclore
À la hâte ; le tout alla du mieux qu'il put.
Les blés d'alentour mûrs avant que la nitée
Se trouvât assez forte encor
Pour voler et prendre l'essor,
De mille soins divers l'alouette agitée
S'en va chercher pâture, avertit ses enfants
D'être toujours au guet et faire sentinelle.
Si le possesseur de ces champs
Vient avecque son fils (comme il viendra), dit-elle,
Écoutez bien ; selon ce qu'il dira,
Chacun de nous décampera.

Sitôt que l'alouette eut quitté sa famille,
Le possesseur du champ vient avecque son fils.
Ces blés sont mûrs, dit-il : allez chez nos amis
Les prier que chacun, apportant sa faucille,
Nous vienne aider demain dès la pointe du jour.
        Notre alouette de retour
        Trouve en alarme sa couvée.
L'un commence : Il a dit que l'aurore levée,
L'on fit venir demain ses amis pour l'aider…
– S'il n'a dit que cela, repartit l'alouette,
Rien ne nous presse encor de changer de retraite ;
Mais c'est demain qu'il faut tout de bon écouter.
Cependant soyez gais ; voilà de quoi manger.
Eux repus, tout s'endort, les petits et la mère.
L'aube du jour arrive ; et d'amis point du tout.
L'alouette à l'essor, le maître s'en vient faire
        Sa ronde ainsi qu'à l'ordinaire.
Ces blés ne devraient pas, dit-il, être debout.
Nos amis ont grand tort, et tort qui se repose
Sur de tels paresseux à servir ainsi lents.
        Mon fils, allez chez nos parents
        Les prier de la même chose.
L'épouvante est au nid plus forte que jamais.
Il a dit ses parents, mère, c'est à cette heure…
        – Non, mes enfants dormez en paix ;
        Ne bougeons de notre demeure.
L'alouette eut raison, car personne ne vint.
Pour la troisième fois, le maître se souvint
De visiter ses blés. Notre erreur est extrême,
Dit-il, de nous attendre à d'autres gens que nous.
Il n'est meilleur ami ni parent que soi-même.
Retenez bien cela, mon fils ; et savez-vous
Ce qu'il faut faire ? Il faut qu'avec notre famille
Nous prenions dès demain chacun une faucille :
C'est là notre plus court, et nous achèverons
        Notre moisson quand nous pourrons.

Dès lors que ce dessein fut su de l'alouette :
C'est ce coup qu'il est bon de partir, mes enfants.
Et les petits, en même temps,
Voletants, se culebutants,
Délogèrent tous sans trompette.

17. **Ein Gleiches**

Über allen Gipfeln
Ist Ruh,
In allen Wipfeln
Spürest Du
Kaum einen Hauch ;
Die Vögelein schweigen im Walde.
Wachte nur, balde
Ruhest Du auch

FRIEDRICH HÖLDERLIN (NÉ EN 1770)

18. **Hyperion's Schicksalslied**

Ihr wandelt droben im Licht
Auf weichem Boden, selige Genien!
Glänzende Götterlüfte
Rühren euch leicht,
Wie die Finger der Künstlerin
Heilige Saiten.

Schicksallos, wie der schlafende
Säugling, atmen die Himmlischen;
Keusch bewahrt
In bescheidener Knospe,
Blühet ewig
Ihnen der Geist,
Und die seligen Augen
Blicken in stiller
Ewiger Klarheit.

Doch uns ist gegeben,
Auf keiner Stätte zu ruhn,
Es schwinden, es fallen
Die leidenden Menschen
Blindlings von einer
Stunde zur andern,
Wie Wasser von Klippe
Zu Klippe geworfen,
Jahr lang ins Ungewisse
hinab.

19. **Des Morgens**

Vom Taue glänzt der Rasen ; beweglicher
Eilt schon die wache Quelle ; die Birke neigt
Ihr schwankes Haupt und im Geblätter
Rauscht es und schimmert ; und
um die grauen

Gewölke streifen rötliche Flammen dort,
Verkündende, sie wallen geräuschlos auf ;
Wie Fluten am Gestade wogen
Höher und höher die Wandelbaren.

Komm nun, o komm, und eile mir nicht zu schnell,
Du goldner Tag, zum Gipfel des Himmels fort !
Denn offener fliegt, vertrauter dir mein
Auge, du Freudiger ! zu, solang du

In deiner Schöne jugendlich blickst und noch
Zu herrlich nicht, zu stolz mir geworden bist ;
Du möchtest immer eilen, könnt ich,
Göttlicher Wanderer, mit dir ! –
doch lächelst

Des frohen Übermütigen du, daß er
Dir gleichen möchte ; segne mir lieber dann
Mein sterblich Tun und heitre wieder,
Gütiger ! heute den stillen Pfad mir !

20. **Lebenslauf**

Größeres wolltest auch du, aber die Liebe zwingt
All uns nieder, das Leid beuget gewaltiger,
Doch es kehret umsonst nicht
Unser Bogen, woher er kommt !

Aufwärts oder hinab ! herrschet in heilger Nacht
Wo die stumme Natur werdende Tage sinnt,
Herrscht im schiefsten Orkus
nicht ein Grades, ein Recht noch !

Dies erfuhr ich. Denn nie, sterblichen Meistern gleich,
Habt ihr Himmelischen, ihr Alleserhaltenden,
Daß ich wüßte, mit Vorsicht
Mich des ebenen Pfads geführt.

Alles prüfe der Mensch, sagen die Himmlischen,
Daß er, kräftig genährt, danken für Alles lern,
Und verstehe die Freiheit,
Aufzubrechen, wohin er will.

21. **Die Jugend**

Da ich ein Knabe war,
  Rettet' ein Gott mich oft
    Vom Geschrei und der Rute der Menschen,
      Da spielt' ich sicher und gut
        Mit den Blumen des Hains,
          Und die Lüftchen des Himmels
            Spielten mit mir.

Und wie du das Herz
Der Pflanzen erfreust,
Wenn sie entgegen dir
Die zarten Arme streken,
So hast du mein Herz erfreut
Vater Helios ! und, wie Endymion,
War ich dein Liebling,
Heilige Luna !

Oh all ihr treuen
Freundlichen Götter !
Daß ihr wüßtet,
Wie euch meine Seele geliebt !

Zwar damals rieff ich noch nicht
Euch mit Nahmen, auch ihr
Nanntet mich nie, wie die Menschen sich nennen
Als kennten sie sich

Doch kannt' ich euch besser,
Als ich je die Menschen gekannt,
Ich verstand die Stille des Aethers
Der Menschen Worte verstand ich nie.

Mich erzog der Wohllaut
Des säuselnden Hains
Und lieben lernt' ich
Unter den Blumen.

Im Arme der Götter wuchs ich groß.

22. **Hälfte des Lebens**

Mit gelben Birnen hänget
Und voll mit wilden Rosen
Das Land in den See,
Ihr holden Schwäne;
Und trunken von Küssen
Tunkt ihr das Haupt
Ins heilignüchterne Wasser.

Weh mir, wo nehm' ich, wenn
Es Winter ist, die Blumen, und wo
Den Sonnenschein
Und Schatten der Erde?
Die Mauern stehn
Sprachlos und kalt, im Winde
Klirren die Fahnen.

SAMUEL TAYLOR COLERIDGE (NÉ EN 1772)

23. **Kubla Khan**

In Xanadu did Kubla Khan
A stately pleasure-dome decree,
Where Alph, the sacred river, ran
Through caverns measureless to man
Down to a sunless sea,
So twice five miles of fertile ground
With walls and towers were girdled round.
And there were gardens fair with sinuous rills,
Where blossom'd many an incense-bearing tree.
And here were forests ancient as the hills,
Enfolding sunny spots of greenery.
But O ! That deep romantic chasm which slanted,
Down the green hill athwart a cedarn cover.
A savage place ! As holy and enchanted
As a'er beneath a waning moon was haunted
By woman wailing for her demon lover.
And from that chasm, with ceaseless turmoil seething,
As if this Earth in fast thick pants were breathing,
A mighty fountain momently was forced,
Amid who's swift half-intermitted burst,
Huge fragments vaulted like rebounding hail,
Or chaffy grain beneath the thresher's flail,
And 'mid these dancing rocks at once and ever,
It flung up momently the sacred river.
Five miles meandering with a mazy motion,
Through wood and dale the sacred river ran.
Then reach'd the caverns measureless to man,
And sank in tumult to a lifeless ocean.

And ‘mid this tumult Kubla heard from far
Ancestral voices prophesying war !

The shadow of the dome of pleasure
Floated midway on the waves
Where was heard the mingled measure
From the fountain and the caves.
It was a miracle of rare device
A sunny pleasure dome with caves of ice.

A damsel with a dulcimer
In a vision once I saw.
It was an Abyssinian maid,
And on her dulcimer she played,
Singing of mount Abora.
Could I revive within me
Her symphony and song.
To such a deep delight ‘twould win me,
That with music loud and long,
I would build that dome in air !
That sunny dome ! Those caves of ice !
And all who heard should see them there !
And all should cry, Beware ! Beware !
His flashing eyes ! his floating hair !
Weave a circle round him thrice,
And close your eyes in holy dread !
For he on honey-dew hath fed,
And drunk the milk of Paradise.

24. **Mondnacht**

Es war, als hätt’ der Himmel
die Erde still geküsst,
dass sie im Blütenschimmer
von ihm nur träumen müsst’ !

Die Luft ging durch die Felder,
die Ähren wogten sacht,
es rauschten leis’ die Wälder,
so sternklar war die Nacht.

Und meine Seele spannte
weit ihre Flügel aus,
flog durch die stillen Lande,
als flöge sie nach Haus.

25. **Ode to a Nightingale**

My heart aches, and a drowsy numbness pains
My sense, as though of hemlock I had drunk,
Or emptied some dull opiate to the drains
One minute past, and Lethe-wards had sunk :
'Tis not through envy of thy happy lot,
But being too happy in thine happiness,–
That thou, light-winged Dryad of the trees
In some melodious plot
Of beechen green, and shadows numberless,
Singest of summer in full-throated ease.

O, for a draught of vintage ! that hath been
Cool'd a long age in the deep-delved earth,
Tasting of Flora and the country green,
Dance, and Provençal song, and sunburnt mirth !
O for a beaker full of the warm South,
Full of the true, the blushful Hippocrene,
With beaded bubbles winking at the brim,
And purple-stained mouth ;
That I might drink, and leave the world unseen,
And with thee fade away into the forest dim :

Fade far away, dissolve, and quite forget
What thou among the leaves hast never known,
The weariness, the fever, and the fret
Here, where men sit and hear each other groan ;
Where palsy shakes a few, sad, last gray hairs,
Where youth grows pale, and spectre-thin, and dies ;
Where but to think is to be full of sorrow
And leaden-eyed despairs,
Where Beauty cannot keep her lustrous eyes,
Or new Love pine at them beyond to-morrow.

Away ! away ! for I will fly to thee,
Not charioted by Bacchus and his pards,
But on the viewless wings of Poesy,
Though the dull brain perplexes and retards :
Already with thee ! tender is the night,
And haply the Queen-Moon is on her throne,
Cluster'd around by all her starry Fays ;
But here there is no light,
Save what from heaven is with the breezes blown
Through verdurous glooms and winding mossy ways.

I cannot see what flowers are at my feet,
Nor what soft incense hangs upon the boughs,
But, in embalmed darkness, guess each sweet
Wherewith the seasonable month endows
The grass, the thicket, and the fruit-tree wild ;

White hawthorn, and the pastoral eglantine ;
Fast fading violets cover'd up in leaves ;
And mid-May's eldest child,
The coming musk-rose, full of dewy wine,
The murmurous haunt of flies on summer eves.

Darkling I listen ; and, for many a time
I have been half in love with easeful Death,
Call'd him soft names in many a mused rhyme,
To take into the air my quiet breath ;
Now more than ever seems it rich to die,
To cease upon the midnight with no pain,
While thou art pouring forth thy soul abroad
In such an ecstasy !
Still wouldst thou sing, and I have ears in vain –
To thy high requiem become a sod.

Thou wast not born for death, immortal Bird !
No hungry generations tread thee down ;
The voice I hear this passing night was heard
In ancient days by emperor and clown :
Perhaps the self-same song that found a path
Through the sad heart of Ruth, when, sick for home,
She stood in tears amid the alien corn ;
The same that oft-times hath
Charm'd magic casements, opening on the foam
Of perilous seas, in faery lands forlorn.

Forlorn ! the very word is like a bell
To toll me back from thee to my sole self !
Adieu ! the fancy cannot cheat so well

As she is fam'd to do, deceiving elf.
Adieu ! adieu ! thy plaintive anthem fades
Past the near meadows, over the still stream,
Up the hill-side ; and now 'tis buried deep
In the next valley-glades :
Was it a vision, or a waking dream ?
Fled is that music : – Do I wake or sleep ?

26. **Ode on a Grecian Urn**

Thou still unravished bride of quietness,
Thou foster child of silence and slow time,
Sylvan historian, who canst thus express
A flowery tale more sweetly than our rhyme :
What leaf-fringed legend haunts about thy shape
Of deities or mortals, or of both,
In Tempe or the dales of Arcady ?
What men or gods are these ? What maidens loath ?
What mad pursuit ? What struggle to escape ?
What pipes and timbrels ? What wild ecstasy ?

Heard melodies are sweet, but those unheard
Are sweeter ; therefore, ye soft pipes, play on ;
Not to the sensual ear, but, more endeared,
Pipe to the spirit dities of no tone.
Fair youth, beneath the trees, thou canst not leave
Thy song, nor ever can those trees be bare ;
Bold Lover, never, never canst thou kiss,
Though winning near the goal – yet, do not grieve ;
She cannot fade, though thou hast not thy bliss
Forever wilt thou love, and she be fair !

Ah, happy, happy boughs ! that cannot shed
Your leaves, nor ever bid the Spring
adieu ;
And, happy melodist, unweari-ed,
Forever piping songs forever new ;
More happy love ! more happy, happy love !
Forever warm and still to be enjoyed,
Forever panting, and forever
young ;
All breathing human passion far above,
That leaves a heart high-sorrowful and
cloyed,
A burning forehead, and a par-
ching tongue.

Who are these coming to the sacrifice ?
To what green altar, O mysterious priest,
Lead'st thou that heifer lowing at the skies,
And all her silken flanks with garlands
dressed ?
What little town by river or sea shore,
Or mountain-built with peaceful citadel,
Is emptied of his folk, this pious
morn ?
And, little town, thy streets for evermore
Will silent be ; and not a soul to tell
Why thou art desolate, can e'er
return.

O Attic shape ! Fair attitude ! with breed
Of marble men and maidens overwrought,
With forest branches and the trodden weed ;
Thou, silent form, dost tease us out of
thought
As doth eternity. Cold Pastoral !
When old age shall this generation waste,

Thou shalt remain, in midst of
other woe
Than ours, a friend to man, to whom thou say'st,
« Beauty is truth, truth beauty » – that is all
Ye know on earth, and all ye
need to know.

27. **To Autumn**

Season of mists and mellow fruitfulness,
Close bosom-friend of the maturing sun ;
Conspiring with him how to load and bless
With fruit the vines that round the thatch-eves
run ;
To bend with apples the moss'd cottage-trees,
And fill all fruit with ripeness to the core ;
To swell the gourd, and plump the hazel
shells
With a sweet kernel ; to set budding more,
And still more, later flowers for the bees,
Until they think warm days will never cease,
For Summer has o'er-brimm'd their
clammy cells.

Who hath not seen thee oft amid thy store ?
Sometimes whoever seeks abroad may find
Thee sitting careless on a granary floor,
Thy hair soft-lifted by the winnowing wind ;
Or on a half-reap'd furrow sound asleep,
Drows'd with the fume of poppies, while thy
hook
Spares the next swath and all its twined
flowers :
And sometimes like a gleaner thou dost keep
Steady thy laden head across a brook ;
Or by a cyder-press, with patient look,

Thou watchest the last oozings hours by
hours.

Where are the songs of Spring ? Ay, where are they ?
Think not of them, thou hast thy music too,–
While barred clouds bloom the soft-dying day,
And touch the stubble plains with rosy hue ;
Then in a wailful choir the small gnats mourn
Among the river sallows, borne aloft
Or sinking as the light wind lives or dies ;
And full-grown lambs loud bleat from hilly bourn ;
Hedge-crickets sing ; and now with treble soft
The red-breast whistles from a garden-croft ;
And gathering swallows twitter in the
skies.

28. **La Belle Dame sans merci**

O what can ail thee, knight-at-arms,
Alone and palely loitering ?
The sedge has wither'd from the lake,
And no birds sing.

O what can ail thee, knight-at-arms !
So haggard and so woe-begone ?
The squirrel's granary is full,
And the harvest's done.

I see a lily on thy brow
With anguish moist and fever dew,
And on thy cheek a fading rose
Fast withereth too.

I met a lady in the meads,
Full beautiful – a faery's child,
Her hair was long, her foot was light,
And her eyes were wild.

I made a garland for her head,
And bracelets too, and fragrant zone ;
She look'd at me as she did love,
And made sweet moan.

I set her on my pacing steed,
And nothing else saw all day long,

For sideways would she bend, and sing
A faery's song.

She found me roots of relish sweet,
And honey wild, and manna dew,
And sure in language strange she said –
« I love thee true. »

She took me to her elfin grot,
And there she wept, and sigh'd full sore,
And there I shut her wild wild eyes
With kisses four.

And there she lulled me asleep,
And there I dream'd – Ah ! woe betide !
The latest dream I ever dream'd
On the cold hill's side.

I saw pale kings and princes too,
Pale warriors, death-pale were they all ;
They cried – « La Belle Dame sans merci
Hath thee in thrall ! »

I saw their starved lips in the gloam,
With horrid warning gaped wide,
And I awoke and found me here,
On the cold hill's side.

And this is why I sojourn here,
Alone and palely loitering,
Though the sedge is wither'd from the lake,
And no birds sing.

29. **On First Looking into Chapman's Homer**

Much have I travell'd in the realms of gold,
  And many goodly states and kingdoms seen;
  Round many western islands have I been
Which bards in fealty to Apollo hold.
Oft of one wide expanse had I been told
  That deep-brow'd Homer ruled as his demesne;
  Yet did I never breathe its pure serene
Till I heard Chapman speak out loud and bold:
Then felt I like some watcher of the skies
  When a new planet swims into his ken;
Or like stout Cortez when with eagle eyes
  He star'd at the Pacific – and all his men
Look'd at each other with a wild surmise –
  Silent, upon a peak in Darien.

30. **Sonnet**

When I have fears that I may cease to be
Before my pen has glean'd my teeming brain,
Before high-piled books, in charactery,
Hold like rich garners the full ripen'd grain ;
When I behold, upon the night's starr'd face,
Huge cloudy symbols of a high romance,
And think that I may never live to trace
Their shadows, with the magic hand of chance ;
And when I feel, fair creature of an hour,
That I shall never look upon thee more,
Never have relish in the faery power
Of unreflecting love ; – then on the shore
  Of the wide world I stand alone, and think
  Till Love and Fame to nothingness do sink.

31. **Last Sonnet**

Bright star, would I were steadfast as thou art –
Not in lone splendour hung aloft the night
And watching, with eternal lids apart,
Like nature's patient, sleepless Eremite,
The moving waters at their priestlike task
Of pure ablution round earth's human shores,
Or gazing on the new soft-fallen mask
Of snow upon the mountains and the moors –
No – yet still steadfast, still unchangeable,
Pillow'd upon my fair love's ripening breast,
To feel for ever its soft fall and swell,
Awake for ever in a sweet unrest,
  Still, still to hear her tender-taken breath,
  And so live ever – or else swoon to death.

32. **Tristan**

Wer die Schönheit angeschaut mit Augen,
Ist dem Tode schon anheimgegeben,
Wird für keinen Dienst auf Erden taugen,
Und doch wird er vor dem Tode beben,
Wer die Schönheit angeschaut mit Augen !

Ewig währt für ihn der Schmerz der Liebe,
Denn ein Tor nur kann auf Erden hoffen,
Zu genügen einem solchen Triebe :
Wen der Pfeil des Schönen je getroffen,
Ewig währt für ihn der Schmerz der Liebe !

Ach, er möchte wie ein Quell versiechen,
Jedem Hauch der Luft ein Gift entsaugen
Und den Tod aus jeder Blume riechen :
Wer die Schönheit angeschaut mit Augen,
Ach, er möchte wie ein Quell versiechen !

33. **Zwei Gazeelen**

Der Trommel folgt' ich manchen Tag, und an den
Höfen lebt' ich auch,
Erfahren hab ich dies und das, und das und dies
erstrebt' ich auch;
Mich trieb der unruhvolle Geist im Lande wandernd
oft umher,
Und wieder stille saß ich dann, und an den Büchern
klebt' ich auch;
Verglommen ist die Hitze halb, die junge Seelen
ganz erfüllt,
Denn oft verzehrte mich der Haß, und vor der
Liebe bebt' ich auch;
Doch schien ich mir zu nichts bestimmt, als nur das
Schöne weit und breit
Zu krönen mit erhabnem Lob, und solche Kronen
webt' ich auch:
Was künftig mir beschieden sei, verkünde kein
Orakel spruch,
Denn solcher Sorg' und Bangigkeit um Künftiges
entschwebt' ich auch.

*

Wenn ich deine Hand liebkose, zittert sie,
Und berührst Du die Mimose, zittert sie,

Zwar die Flamme, Sommervogel, tötet dich
Doch gerührt von deinem Lose, zittert sie,

Eine Ros' im Garten nenn ich dieses Lied
Aber reich ich dir die Rose, zittert sie.

34. **Pindaros**

Ich möchte, wenn ich sterbe, wie die lichten
Gestirne schnell und unbewußt erbleichen,
Erliegen möcht ich einst des Todes Streichen,
Wie Sagen uns von Pindaros berichten.

Ich will ja nicht in Leben oder Dichten
Den großen Unerreichlichen erreichen,
Ich möcht, o Freund, ihm nur im Tode gleichen ;
Doch höre nun die schönste der Geschichten !

Er saß im Schauspiel, vom Gesang beweget,
Und hatte, der ermüdet war, die Wangen
Auf seines Lieblings schönes Knie geleget :

Als nun der Chöre Melodien verklangen,
Will wecken ihn, der ihn so sanft geheget,
Doch zu den Göttern war er heimgegangen.

35. **La Mort du loup**

Les nuages couraient sur la lune enflammée
Comme sur l'incendie on voit fuir la fumée,
Et les bois étaient noirs jusques à l'horizon.
Nous marchions sans parler, dans l'humide gazon,
Dans la bruyère épaisse et dans les hautes brandes,
Lorsque, sous des sapins pareils à ceux des Landes,
Nous avons aperçu les grands ongles marqués
Par les loups voyageurs que nous avions traqués.
Nous avons écouté, retenant notre haleine
Et le pas suspendu. – Ni le bois, ni la plaine
Ne poussait un soupir dans les airs ; seulement
La girouette en deuil criait au firmament ;
Car le vent élevé bien au-dessus des terres,
N'effleurait de ses pieds que les tours solitaires,
Et les chênes d'en-bas, contre les rocs penchés,
Sur leurs coudes semblaient endormis et couchés.
Rien ne bruissait donc, lorsque baissant la tête,
Le plus vieux des chasseurs qui s'étaient mis en quête
A regardé le sable en s'y couchant ; Bientôt,
Lui que jamais ici l'on ne vit en défaut,
A déclaré tout bas que ces marques récentes
Annonçaient la démarche et les griffes puissantes
De deux grands loups-cerviers et de deux louveteaux.
Nous avons tous alors préparé nos couteaux,
Et, cachant nos fusils et leurs lueurs trop blanches,
Nous allions pas à pas en écartant les branches.
Trois s'arrêtent, et moi, cherchant ce qu'ils voyaient,
J'aperçois tout à coup deux yeux qui flamboyaient,

Et je vois au-delà quatre formes légères
Qui dansaient sous la lune au milieu des bruyères,
Comme font chaque jour, à grand bruit sous nos yeux,
Quand le maître revient, les lévriers joyeux.
Leur forme était semblable et semblable la danse ;
Mais les enfants du loup se jouaient en silence,
Sachant bien qu'à deux pas, ne dormant qu'à demi,
Se couche dans ses murs l'homme, leur ennemi.
Le père était debout, et plus loin, contre un arbre,
Sa louve reposait comme celle de marbre
Qu'adoraient les Romains, et dont les flancs velus
Couvaient les demi-dieux Rémus et Romulus.
Le Loup vient et s'assied, les deux jambes dressées,
Par leurs ongles crochus dans le sable enfoncées.
Il s'est jugé perdu, puisqu'il était surpris,
Sa retraite coupée et tous ses chemins pris,
Alors il a saisi, dans sa gueule brûlante,
Du chien le plus hardi la gorge pantelante,
Et n'a pas desserré ses mâchoires de fer,
Malgré nos coups de feu, qui traversaient sa chair,
Et nos couteaux aigus qui, comme des tenailles,
Se croisaient en plongeant dans ses larges entrailles,
Jusqu'au dernier moment où le chien étranglé,
Mort longtemps avant lui, sous ses pieds a roulé.
Le Loup le quitte alors et puis il nous regarde.
Nos couteaux lui restaient au flanc jusqu'à la garde,
Le clouaient au gazon tout baigné dans son sang ;
Nos fusils l'entouraient en sinistre croissant.
Il nous regarde encore, ensuite il se recouche,
Tout en léchant le sang répandu sur sa bouche,
Et, sans daigner savoir comment il a péri,
Refermant ses grands yeux, meurt sans jeter un cri.

J'ai reposé mon front sur mon fusil sans poudre,
Me prenant à penser, et n'ai pu me résoudre
À poursuivre sa louve et ses fils qui, tous trois,

Auraient voulu l'attendre, et, comme je le crois,
Sans ses deux louveteaux, la belle et sombre veuve
Ne l'eût pas laissé seul subir la grande épreuve ;
Mais son devoir était de les sauver, afin
De pouvoir leur apprendre à bien souffrir la faim,
À ne jamais entrer dans le pacte des villes,
Que l'homme a fait avec les animaux serviles
Qui chassent devant lui, pour avoir le coucher,
Les premiers possesseurs du bois et du rocher.

Hélas ! ai-je pensé, malgré ce grand nom d'Hommes,
Que j'ai honte de nous, débiles que nous sommes !
Comment on doit quitter la vie et tous ses maux,
C'est vous qui le savez sublimes animaux.
À voir ce que l'on fut sur terre et ce qu'on laisse,
Seul le silence est grand ; tout le reste est faiblesse.
– Ah ! je t'ai bien compris, sauvage voyageur,
Et ton dernier regard m'est allé jusqu'au cœur.
Il disait : « Si tu peux, fais que ton âme arrive,
À force de rester studieuse et pensive,
Jusqu'à ce haut degré de stoïque fierté
Où, naissant dans les bois, j'ai tout d'abord monté.
Gémir, pleurer, prier est également lâche.
Fais énergiquement ta longue et lourde tâche
Dans la voie où le sort a voulu t'appeler,
Puis, après, comme moi, souffre et meurs sans parler. »

36. **La Maison du berger (extrait)**

Nous marcherons ainsi ne laissant que notre ombre
Sur cette terre ingrate où les morts ont passé.
Nous nous parlerons d'eux à l'heure où tout est sombre
Où tu te plais à suivre un chemin effacé,
À rêver, appuyée aux branches incertaines
Pleurant comme Diane au bord de ses fontaines
Ton amour taciturne et toujours menacé.

VICTOR HUGO (NÉ EN 1802)

37. **Booz endormi**

Booz s'était couché de fatigue accablé ;
Il avait tout le jour travaillé dans son aire ;
Puis avait fait son lit à sa place ordinaire ;
Booz dormait auprès des boisseaux pleins de blé.

Ce vieillard possédait des champs de blés et d'orge ;
Il était, quoique riche, à la justice enclin ;
Il n'avait pas de fange en l'eau de son moulin ;
Il n'avait pas d'enfer dans le feu de sa forge.

Sa barbe était d'argent comme un ruisseau d'avril.
Sa gerbe n'était point avare ni haineuse ;
Quand il voyait passer quelque pauvre glaneuse :
– Laissez tomber exprès des épis, disait-il.

Cet homme marchait droit loin des sentiers obliques,
Vêtu de probité candide et de lin blanc ;
Et, toujours du côté des pauvres ruisselant,
Ses sacs de grains semblaient des fontaines publiques.

Booz était bon maître et fidèle parent ;
Il était généreux, quoiqu'il fût économe ;
Les femmes regardaient Booz plus qu'un jeune homme,
Car le jeune homme est beau, mais le vieillard est grand.

Le vieillard, qui revient vers la source première,
Entre aux jours éternels et sort des jours changeants ;
Et l'on voit de la flamme aux yeux des jeunes gens,
Mais dans l'œil du vieillard on voit de la lumière.

Donc, Booz dans la nuit dormait parmi les siens ;
Près des meules, qu'on eût prises pour des décombres,
Les moissonneurs couchés formaient des groupes sombres ;
Et ceci se passait dans des temps très anciens.

Les tribus d'Israël avaient pour chef un juge ;
La terre, où l'homme errait sous la tente, inquiet
Des empreintes de pieds de géants qu'il voyait,
Était mouillée encore et molle du déluge.

Comme dormait Jacob, comme dormait Judith,
Booz, les yeux fermés, gisait sous la feuillée ;
Or, la porte du ciel s'étant entre-bâillée
Au-dessus de sa tête, un songe en descendit.

Et ce songe était tel, que Booz vit un chêne
Qui, sorti de son ventre, allait jusqu'au ciel bleu ;
Une race y montait comme une longue chaîne ;
Un roi chantait en bas, en haut mourait un dieu.

Et Booz murmurait avec la voix de l'âme :
« Comment se pourrait-il que de moi ceci vînt ?
Le chiffre de mes ans a passé quatre-vingt,
Et je n'ai pas de fils, et je n'ai plus de femme.

« Voilà longtemps que celle avec qui j'ai dormi,
O Seigneur ! a quitté ma couche pour la vôtre ;
Et nous sommes encor tout mêlés l'un à l'autre,
Elle à demi vivante et moi mort à demi.

« Une race naîtrait de moi ! Comment le croire ?
Comment se pourrait-il que j'eusse des enfants ?
Quand on est jeune, on a des matins triomphants ;
Le jour sort de la nuit comme d'une victoire ;

Mais vieux, on tremble ainsi qu'à l'hiver le bouleau ;
Je suis veuf, je suis seul, et sur moi le soir tombe,
Et je courbe, ô mon Dieu ! mon âme vers la tombe,
Comme un bœuf ayant soif penche son front vers
l'eau. »

Ainsi parlait Booz dans le rêve et l'extase,
Tournant vers Dieu ses yeux par le sommeil noyés ;
Le cèdre ne sent pas une rose à sa base,
Et lui ne sentait pas une femme à ses pieds.

Pendant qu'il sommeillait, Ruth, une moabite,
S'était couchée aux pieds de Booz, le sein nu,
Espérant on ne sait quel rayon inconnu,
Quand viendrait du réveil la lumière subite.

Booz ne savait point qu'une femme était là,
Et Ruth ne savait point ce que Dieu voulait d'elle.
Un frais parfum sortait des touffes d'asphodèle ;
Les souffles de la nuit flottaient sur Galgala.

L'heure était nuptiale, auguste et solennelle ;
Les anges y volaient sans doute obscurément,
Car on voyait passer dans la nuit, par moment,
Quelque chose de bleu qui paraissait une aile.

La respiration de Booz qui dormait
Se mêlait au bruit sourd des ruisseaux sur la mousse.
On était dans le mois où la nature est douce,
Les collines ayant des lys sur leur sommet.

Ruth songeait et Booz dormait ; l'herbe était noire ;
Les grelots des troupeaux palpitaient vaguement ;
Une immense bonté tombait du firmament ;
C'était l'heure tranquille où les lions vont boire.

Tout reposait dans Ur et dans Jérimadeth ;
Les astres émaillaient le ciel profond et sombre ;
Le croissant fin et clair parmi ces fleurs de l'ombre
Brillait à l'occident, et Ruth se demandait,

Immobile, ouvrant l'œil à moitié sous ses voiles,
Quel dieu, quel moissonneur de l'éternel été,
Avait, en s'en allant, négligemment jeté
Cette faucille d'or dans le champ des étoiles.

EDUARD MÖRIKE (NÉ EN 1804)

38. **Denk'es, o Seele !**

Ein Tännlein grünet, wo
Wer weiss, im Walde,
Ein Rosenstrauch, wer sagt,

In welchem Garten ?
Sie sind erlesen schon,
Denk'es, o Seele,
An deinem Grab zu wurzeln
Und zu wachsen.

Zwei schwarze Rösslein weiden
Auf der Wiese,
Sie kehren heim zur Stadt
In muntern Sprüngen.
Sie werden schrittweis gehn
Mit deiner Leiche,
Vielleicht, vielleicht noch eh'
An ihren Hufen
Die Eisen los sind,
Die ich blitzen sehe !

EDGAR ALLAN POE (NÉ EN 1809)

39. **To Helen**

Helen, thy beauty is to me
Like those Nicean barks of yore,
That gently, o'er a perfumed sea,
The weary, way-worn wanderer bore
To his own native shore.

On desperate seas long wont to roam,
Thy hyacinth hair, thy classic face,
Thy Naiad airs have brought me home
To the glory that was Greece
And the grandeur that was Rome.

Lo ! in yon brilliant window-niche
How statue-like I see thee stand,
The agate lamp within thy hand !
Ah, Psyche, from the regions which
Are Holy Land !

40. **The Raven**

Once upon a midnight dreary, while I pondered, weak and weary,
Over many a quaint and curious volume of forgotten lore,
While I nodded, nearly napping, suddenly there came a tapping,
As of some one gently rapping, rapping at my chamber door.
« 'Tis some visitor », I muttered, « tapping at my chamber door –
Only this, and nothing more. »

Ah, distinctly I remember it was on a bleak December,
And each separate dying ember wrought its ghost upon the floor.
Eagerly I wished the morrow ;– vainly I had sought to borrow
From my books surcease of sorrow – sorrow for the lost Lenore –
For the rare and radiant maiden whom the angels name Lenore –
Nameless here for evermore.

And the silken sad uncertain rustling of each purple curtain
Thrilled me – filled me with fantastic terrors never felt before ;

So that now, to still the beating of my heart, I stood
repeating,
« 'Tis some visitor entreating entrance at my
chamber door –
Some late visitor entreating entrance at my
chamber door ; –
This it is, and nothing more. »

Presently my soul grew stronger ; hesitating then no
longer,
« Sir », said I, « or Madam, truly your forgiveness
I implore ;
But the fact is I was napping, and so gently you
came rapping,
And so faintly you came tapping, tapping at my
chamber door,
That I scarce was sure I heard you » – here I opened
wide the door ;–
Darkness there, and nothing more.

Deep into that darkness peering, long I stood there
wondering, fearing,
Doubting, dreaming dreams no mortal ever dared
to dream before ;
But the silence was unbroken, and the stillness
gave no token,
And the only word there spoken was the whispered
word, « Lenore ! »
This I whispered, and an echo murmured back the
word, « Lenore ! » –
Merely this, and nothing more.

Back into the chamber turning, all my soul within me
burning,
Soon again I heard a tapping somewhat louder than
before.

« Surely », said I, « surely that is something at my
window lattice :
Let me see, then, what thereat is, and this mystery
explore –
Let my heart be still a moment and this mystery
explore ; –
'Tis the wind and nothing more. »

Open here I flung the shutter, when, with many a
flirt and flutter,
In there stepped a stately raven of the saintly days
of yore ;
Not the least obediance made he ; not an instant
stopped or stayed he ;
But, with mien of lord or lady, perched above my
chamber door –
Perched upon the bust of Pallas just above my
chamber door –
Perched, and sat, and nothing more.

Then this ebony bird beguiling my sad fancy into
smiling,
By the grave and stern decorum of the countenance
it bore.
« Though thy crest be shorn and shaven, thou »,
I said, « art sure no craven,
Ghastly grim and ancient raven wandering from the
Nightly shore-
Tell me what thy lordly name is on the Night's
Plutonian shore ! »
Quoth the raven, « Nevermore. »

Much I marvelled this ungainly fowl to hear
discourse so plainly,
Though its answer little meaning – little relevancy
bore ;

For we cannot help agreeing that no living human being
Ever yet was blest with seeing bird above his chamber door –
Bird or beast upon the sculptured bust above his chamber door,
With such name as « Nevermore ».

But the raven, sitting lonely on the placid bust, spoke only
That one word, as if his soul in that one word he did outpour.
Nothing further then he uttered – not a feather then he fluttered –
Till I scarcely more than muttered, « other friends have flown before –
On the morrow he will leave me, as my hopes have flown before. »
Then the bird said, « Nevermore. »

Startled at the stillness broken by reply so aptly spoken,
« Doubtless », said I, « what it utters is its only stock and store,
Caught from some unhappy master whom unmerciful Disaster
Followed fast and followed faster till his songs one burden bore –
Till the dirges of his Hope that melancholy burden bore
Of "Never – nevermore". »

But the raven still beguiling all my fancy into smiling,
Straight I wheeled a cushioned seat in front of bird, and bust and door;

There upon the velvet sinking, I betook myself to
linking
Fancy on to fancy, thinking what this ominous bird
of yore –
What this grim, ungainly, ghastly, gaunt and ominous bird of yore
Meant in croaking « Nevermore. »

This I sat engaged in guessing, but no syllable
expressing
To the fowl whose fiery eyes now burned into my
bosom's core ;
This and more I sat divining, with my head at ease
reclining
On the cushion's velvet lining that the lamplight
floated o'er,
But whose velvet violet lining with the lamplight
floating o'er,
She shall press, ah, nevermore !

Then methought the air grew denser, perfumed
from an unseen censer
Swung by Seraphim whose faint footfalls tinkled
on the tufted floor.
« Wretch », I cried, « thy God hath lent thee – by
these angels he hath sent thee
Respite – respite and nepenthe, from thy memories
of Lenore !
Quaff, oh quaff this kind nepenthe and forget this
lost Lenore ! »
Quoth the raven, « Nevermore. »

« Prophet ! » said I, « thing of evil ! – prophet still,
if bird or devil ! –
Whether Tempter sent, or whether tempest tossed
thee here ashore,

Desolate yet all undaunted, on this desert land
enchanted –
On this home by horror haunted – tell me truly,
I implore –
Is there – is there balm in Gilead ? – tell me – tell
me, I implore ! »
Quoth the Raven, « Nevermore. »

« Prophet ! » said I, « thing of evil – prophet still, if
bird or devil !
By that Heaven that bends above us – by that God
we both adore –
Tell this soul with sorrow laden if, within the
distant Aiden,
It shall clasp a sainted maiden whom the angels
name Lenore –
Clasp a rare and radiant maiden whom the angels
name Lenore. »
Quoth the raven, « Nevermore. »

« Be that word our sign of parting, bird or fiend »,
I shrieked, upstarting –
« Get thee back into the tempest and the Night's
Plutonian shore !
Leave no black plume as a token of that lie thy soul
hath spoken !
Leave my loneliness unbroken ! – quit the bust
above my door !
Take thy beak from out my heart, and take thy form
from off my door ! »
Quoth the raven, « Nevermore. »

And the raven, never flitting, still is sitting, still is
sitting
On the pallid bust of Pallas just above my chamber
door ;

And his eyes have all the seeming of a demon's
  that is dreaming,
And the lamplight o'er him streaming throws his
  shadow on the floor;
And my soul from off that shadow that lies floating
  on the floor
Shall be lifted – nevermore!

GÉRARD DE NERVAL (NÉ EN 1809)

41. El Desdichado

Je suis le ténébreux, – le veuf, – l'inconsolé,
Le prince d'Aquitaine à la tour abolie :
Ma seule *étoile* est morte, – et mon luth constellé
Porte le *soleil* noir de la *Mélancolie.*

Dans la nuit du tombeau, toi qui m'as consolé,
Rends-moi le Pausilippe et la mer d'Italie,
La *fleur* qui plaisait tant à mon cœur désolé
Et la treille où le pampre à la rose s'allie.

Suis-je Amour ou Phébus ?... Lusignan ou Biron ?
Mon front est rouge encor du baiser de la reine ;
J'ai rêvé dans la grotte où nage la sirène...

Et j'ai deux fois vainqueur traversé l'Achéron :
Modulant tour à tour sur la lyre d'Orphée
Les soupirs de la sainte et les cris de la fée.

42. **Anteros**

Tu demandes pourquoi j'ai tant de rage au cœur
Et sur un col flexible une tête indomptée ;
C'est que je suis issu de la race d'Antée,
Je retourne les dards contre le dieu vainqueur.

Oui, je suis de ceux-là qu'inspire le Vengeur,
Il a marqué mon front de sa lèvre irritée ;
Sous la pâleur d'Abel, hélas ! ensanglantée,
J'ai parfois de Caïn l'implacable rougeur !

Jéhovah ! le dernier, vaincu par ton génie,
Qui, du fond des enfers, criait : « Ô tyrannie ! »
C'est mon aïeul Bélus ou mon père Dagon…

Ils m'ont plongé trois fois dans les eaux du Cocyte,
Et, protégeant tout seul ma mère Amalécyte,
Je ressème à ses pieds les dents du vieux dragon.

43. **Myrtho**

Je pense à toi, Myrtho, divine enchanteresse,
Au Pausilippe altier, de mille feux brillant,
À ton front inondé des clartés d'Orient,
Aux raisins noirs mêlés avec l'or de ta tresse.

C'est dans ta coupe aussi que j'avais bu l'ivresse,
Et dans l'éclair furtif de ton œil souriant,
Quand aux pieds d'Iacchus on me voyait priant,
Car la Muse m'a fait l'un des fils de la Grèce.

Je sais pourquoi, là-bas, le volcan s'est rouvert…
C'est qu'hier tu l'avais touché d'un pied agile,
Et de cendres soudain l'horizon s'est couvert.

Depuis qu'un duc normand brisa tes dieux d'argile,
Toujours, sous les rameaux du laurier de Virgile,
Le pâle Hortensia s'unit au Myrte vert !

44. **Delfica**

La connais-tu, Dafné, cette ancienne romance,
Au pied du sycomore, ou sous les lauriers blancs,
Sous l'olivier, le myrte, ou les saules tremblants,
Cette chanson d'amour qui toujours recommence ?…

Reconnais-tu le Temple au péristyle immense,
Et les citrons amers où s'imprimaient tes dents,
Et la grotte, fatale aux hôtes imprudents,
Où du dragon vaincu dort l'antique semence ?…

Ils reviendront, ces dieux que tu pleures toujours !
Le temps va ramener l'ordre des anciens jours ;
La terre a tressailli d'un souffle prophétique…

Cependant la sibylle au visage latin
Est endormie encor sous l'arc de Constantin
– Et rien n'a dérangé le sévère portique.

45. **Le Balcon**

Mère des souvenirs, maîtresse des maîtresses,
Ô toi, tous mes plaisirs ! ô toi, tous mes devoirs !
Tu te rappelleras la beauté des caresses,
La douceur du foyer et le charme des soirs,
Mère des souvenirs, maîtresse des maîtresses !

Les soirs illuminés par l'ardeur du charbon,
Et les soirs au balcon, voilés de vapeurs roses.
Que ton sein m'était doux ! que ton cœur m'était bon !
Nous avons dit souvent d'impérissables choses
Les soirs illuminés par l'ardeur du charbon.

Que les soleils sont beaux dans les chaudes soirées !
Que l'espace est profond ! que le cœur est puissant !
En me penchant vers toi, reine des adorées,
Je croyais respirer le parfum de ton sang.
Que les soleils sont beaux dans les chaudes soirées !

La nuit s'épaississait ainsi qu'une cloison,
Et mes yeux dans le noir devinaient tes prunelles,
Et je buvais ton souffle, ô douceur ! ô poison !
Et tes pieds s'endormaient dans mes mains
fraternelles.
La nuit s'épaississait ainsi qu'une cloison.

Je sais l'art d'évoquer les minutes heureuses,
Et revis mon passé blotti dans tes genoux.
Car à quoi bon chercher tes beautés langoureuses

Ailleurs qu'en ton cher corps et qu'en ton cœur si doux ?
Je sais l'art d'évoquer les minutes heureuses !

Ces serments, ces parfums, ces baisers infinis,
Renaîtront-ils d'un gouffre interdit à nos sondes,
Comme montent au ciel les soleils rajeunis
Après s'être lavés au fond des mers profondes ?
– Ô serments ! ô parfums ! ô baisers infinis !

46. **À une madone (LVII)**

Ex-voto dans le goût espagnol

Je veux bâtir pour toi, Madone, ma maîtresse,
Un autel souterrain au fond de ma détresse,
Et creuser dans le coin le plus noir de mon cœur,
Loin du désir mondain et du regard moqueur,
Une niche, d'azur et d'or tout émaillée,
Où tu te dresseras, Statue émerveillée.
Avec mes Vers polis, treillis d'un dur métal
Savamment constellé de rimes de cristal,
Je ferai pour ta tête une énorme Couronne ;
Et dans ma Jalousie, ô mortelle Madone,
Je saurai te tailler un Manteau, de façon
Barbare, roide et lourd, et doublé de soupçon,
Qui, comme une guérite, enfermera tes charmes ;
Non de Perles brodé, mais de toutes mes Larmes !
Ta Robe, ce sera mon Désir, frémissant,
Onduleux, mon Désir qui monte et qui descend,
Aux pointes se balance, aux vallons se repose,
Et revêt d'un baiser tout ton corps blanc et rose.
Je te ferai de mon Respect de beaux Souliers
De satin, par tes pieds divins humiliés,
Qui, les emprisonnant dans une molle étreinte,
Comme un moule fidèle en garderont l'empreinte.
Si je ne puis, malgré tout mon art diligent,
Pour Marchepied tailler une Lune d'argent,
Je mettrai le Serpent qui me mord les entrailles
Sous tes talons, afin que tu foules et railles,

Reine victorieuse et féconde en rachats,
Ce monstre tout gonflé de haine et de crachats.
Tu verras mes Pensers, rangés comme des Cierges
Devant l'autel fleuri de la Reine des Vierges,
Étoilant de reflets le plafond peint en bleu,
Te regarder toujours avec des yeux de feu ;
Et comme tout en moi te chérit et t'admire,
Tout se fera Benjoin, Encens, Oliban, Myrrhe,
Et sans cesse vers toi, sommet blanc et neigeux,
En Vapeurs montera mon Esprit orageux.

Enfin, pour compléter ton rôle de Marie,
Et pour mêler l'amour avec la barbarie,
Volupté noire ! Des sept Péchés capitaux,
Bourreau plein de remords, je ferai sept couteaux
Bien affilés, et comme un jongleur insensible,
Prenant le plus profond de ton amour pour cible,
Je les planterai tous dans ton Cœur pantelant,
Dans ton Cœur sanglotant, dans ton Cœur ruisselant !

47. **Moesta et Errabunda**

Dis-moi, ton cœur parfois s'envole-t-il, Agathe,
Loin du noir océan de l'immonde cité,
Vers cet autre océan où la splendeur éclate,
Bleu, clair, profond, ainsi que la virginité ?
Dis-moi, ton cœur parfois s'envole-t-il, Agathe ?

La mer, la vaste mer, console nos labeurs !
Quel démon a doté la mer, rauque chanteuse
Qu'accompagne l'immense orgue des vents
grondeurs,
De cette fonction sublime de berceuse ?
La mer, la vaste mer, console nos labeurs !

Emporte-moi wagon ! enlève-moi, frégate !
Loin ! loin ! ici la boue est faite de nos pleurs !
– Est-il vrai que parfois le triste cœur d'Agathe
Dise : Loin des remords, des crimes, des douleurs,
Emporte-moi, wagon, enlève-moi, frégate ?

Comme vous êtes loin, paradis parfumé,
Où sous un clair azur tout n'est qu'amour et joie,
Où tout ce que l'on aime est digne d'être aimé,
Où dans la volupté pure le cœur se noie !
Comme vous êtes loin, paradis parfumé !

Mais le vert paradis des amours enfantines
Les courses, les chansons, les baisers, les bouquets,
Les violons vibrant derrière les collines,

Avec les brocs de vin, le soir, dans les bosquets,
– Mais le vert paradis des amours enfantines,

L'innocent paradis, plein de plaisirs furtifs,
Est-il déjà plus loin que l'Inde et que la Chine ?
Peut-on le rappeler avec des cris plaintifs,
Et l'animer encor d'une voix argentine,
L'innocent paradis plein de plaisirs furtifs ?

48. **Chant d'automne**

Bientôt nous plongerons dans les froides ténèbres ;
Adieu vive clarté de nos étés trop courts !
J'entends déjà tomber avec des chocs funèbres
Le bois retentissant sur le pavé des cours.

Tout l'hiver va rentrer dans mon être : colère,
Haine, frissons, horreur, labeur dur et forcé,
Et, comme le soleil dans son enfer polaire,
Mon cœur ne sera plus qu'un bloc rouge et glacé.

J'écoute en frémissant chaque bûche qui tombe ;
L'échafaud qu'on bâtit n'a pas d'écho plus sourd.
Mon esprit est pareil à la tour qui succombe
Sous les coups du bélier infatigable et lourd.

Il me semble, bercé par ce choc monotone,
Qu'on cloue en grande hâte un cercueil quelque part.
Pour qui ? – C'était hier l'été ; voici l'automne !
Ce bruit mystérieux sonne comme un départ !

49. **Le Beau Navire**

Je veux te raconter, ô molle enchanteresse !
Les diverses beautés qui parent ta jeunesse ;
Je veux te peindre ta beauté,
Où l'enfance s'allie à la maturité.

Quand tu vas balayant l'air de ta jupe large,
Tu fais l'effet d'un beau vaisseau qui prend le large,
Chargé de toile, et va roulant
Suivant un rythme doux, et paresseux, et lent.

Sur ton cou large et rond, sur tes épaules grasses,
Ta tête se pavane avec d'étranges grâces ;
D'un air placide et triomphant.
Tu passes ton chemin, majestueuse enfant.

Je veux te raconter, ô molle enchanteresse !
Les diverses beautés qui parent ta jeunesse ;
Je veux te peindre ta beauté,
Où l'enfance s'allie à la maturité.

Ta gorge qui s'avance et qui pousse la moire,
Ta gorge triomphante est une belle armoire
Dont les panneaux bombés et clairs
Comme les boucliers accrochent des éclairs,

Boucliers provoquants, armés de pointes roses !
Armoire à doux secrets, pleine de bonnes choses,

De vins, de parfums, de liqueurs
Qui feraient délirer les cerveaux et les cœurs !

Quand tu vas balayant l'air de ta jupe large,
Tu fais l'effet d'un beau vaisseau qui prend le large,
Chargé de toile, et va roulant
Suivant un rythme doux, et paresseux, et lent.

Tes nobles jambes, sous les volants qu'elles chassent,
Tourmentent les désirs obscurs et les agacent,
Comme deux sorcières qui font
Tourner un philtre noir dans un vase profond.

Tes bras, qui se joueraient des précoces hercules,
Sont des boas luisants les solides émules,
Faits pour serrer obstinément,
Comme pour l'imprimer dans ton cœur, ton amant.

Sur ton cou large et rond, sur tes épaules grasses,
Ta tête se pavane avec d'étranges grâces ;
D'un air placide et triomphant
Tu passes ton chemin, majestueuse enfant.

50. **Sonnet XXVII**

Avec ses vêtements ondoyants et nacrés,
Même quand elle marche on croirait qu'elle danse,
Comme ces longs serpents que les jongleurs sacrés
Au bout de leurs bâtons agitent en cadence.

Comme le sable morne et l'azur des déserts,
Insensibles tous deux à l'humaine souffrance,
Comme les longs réseaux de la houle des mers,
Elle se développe avec indifférence.

Ses yeux polis sont faits de minéraux charmants,
Et dans cette nature étrange et symbolique
Où l'ange inviolé se mêle au sphinx antique,

Où tout n'est qu'or, acier, lumière et diamants,
Resplendit à jamais, comme un astre inutile,
La froide majesté de la femme stérile.

51. **Sonnet XXXIX**

Je te donne ces vers afin que si mon nom
Aborde heureusement aux époques lointaines,
Et fait rêver un soir les cervelles humaines,
Vaisseau favorisé par un grand aquilon,

Ta mémoire, pareille aux fables incertaines,
Fatigue le lecteur ainsi qu'un tympanon,
Et par un fraternel et mystique chaînon
Reste comme pendue à mes rimes hautaines,

Être maudit à qui, de l'abîme profond
Jusqu'au plus haut du ciel, rien, hors moi, ne répond !
– Ô toi qui, comme une ombre à la trace éphémère,

Foules d'un pied léger et d'un regard serein
Les stupides mortels qui t'ont jugée amère,
Statue aux yeux de jais, grand ange au front d'airain !

52. **Römischer Brunnen**

Aufsteigt der Strahl und fallend giesst
Er voll der Marmorschale Rund
Die, sich verschleiernd, überfliesst
In einer zweiten Schale Grund ;
Die zweite gibt, sie wird zu reich,
Der dritten wallend ihre Flut
Und jede nimmt und gibt zugleich
Und ströhmt und ruht.

PAUL VERLAINE (NÉ EN 1844)

53. **Sonnet**

L'espoir luit comme un brin de paille dans l'étable.
Que crains-tu de la guêpe ivre de son vol fou ?
Vois, le soleil toujours poudroie à quelque trou.
Que ne t'endormais-tu, le coude sur la table ?

Pauvre âme pâle, au moins cette eau du puits glacé,
Bois-la. Puis dors un peu. Allons, tu vois, je reste,
Et je dorloterai les rêves de ta sieste,
Et tu chantonneras comme un enfant bercé.

Midi sonne. De grâce, éloignez-vous, madame.
Il dort. C'est étonnant comme les pas de femme
Résonnent au cerveau des pauvres malheureux.

Midi sonne. J'ai fait arroser dans la chambre.
Va, dors ! L'espoir luit comme un caillou dans un creux.
Ah ! quand refleuriront les roses de septembre !

54. Mon rêve familier

Je fais souvent ce rêve étrange et pénétrant
D'une femme inconnue, et que j'aime, et qui m'aime,
Et qui n'est, chaque fois, ni tout à fait la même
Ni tout à fait une autre, et m'aime et me comprend.

Car elle me comprend, et mon cœur, transparent
Pour elle seule, hélas ! cesse d'être un problème
Pour elle seule, et les moiteurs de mon front blême,
Elle seule les sait rafraîchir, en pleurant.

Est-elle brune, blonde ou rousse ? Je l'ignore.
Son nom ? Je me souviens qu'il est doux et sonore
Comme ceux des aimés que la Vie exila.

Son regard est pareil au regard des statues,
Et, pour sa voix, lointaine, et calme, et grave, elle a
L'inflexion des voix chères qui se sont tues.

55. **Pied Beauty**

Glory be to God for dappled things –
For skies of couple-colour as a brinded cow ;
For rose-moles all in stipple upon trout that swim ;
Fresh-firecoal chestnut-falls ; finches' wings ;
Landscape plotted and pieced – fold, fallow, and plough ;
And áll trádes, their gear and tackle and trim.

All things counter, original, spare, strange ;
Whatever is fickle, freckled (who knows how ?)
With swift, slow ; sweet, sour ; adazzle, dim ;
He fathers-forth whose beauty is past change :
Praise him.

Arthur Rimbaud (né en 1854)

56. **Sensation**

Par les soirs bleus d'été, j'irai dans les sentiers,
Picoté par les blés, fouler l'herbe menue :
Rêveur, j'en sentirai la fraîcheur à mes pieds.
Je laisserai le vent baigner ma tête nue.

Je ne parlerai pas, je ne penserai rien,
Mais l'amour infini me montera dans l'âme ;
Et j'irai loin, bien loin, comme un bohémien,
Par la Nature, heureux – comme avec une femme.

57. **Ma Bohème**

Je m'en allais, les poings dans mes poches crevées ;
Mon paletot aussi devenait idéal ;
J'allais sous le ciel, Muse, et j'étais ton féal ;
Oh ! là là ! que d'amours splendides j'ai rêvées !

Mon unique culotte avait un large trou.
Petit-Poucet rêveur, j'égrenais dans ma course
Des rimes. Mon auberge était à la Grande-Ourse.
Mes étoiles au ciel avaient un doux frou-frou

Et je les écoutais, assis au bord des routes,
Ces bons soirs de septembre où je sentais des gouttes
De rosée à mon front, comme un vin de vigueur ;

Où, rimant au milieu des ombres fantastiques,
Comme des lyres, je tirais les élastiques
De mes souliers blessés, un pied près de mon cœur !

58. **Le Bateau ivre**

Comme je descendais des Fleuves impassibles,
Je ne me sentis plus guidé par les haleurs :
Des Peaux-Rouges criards les avaient pris pour cibles,
Les ayant cloués nus aux poteaux de couleurs.

J'étais insoucieux de tous les équipages,
Porteur de blés flamands ou de cotons anglais.
Quand avec mes haleurs ont fini ces tapages,
Les Fleuves m'ont laissé descendre où je voulais.

Dans les clapotements furieux des marées,
Moi, l'autre hiver, plus sourd que des cerveaux
d'enfants,
Je courus ! Et les Péninsules démarrées
N'ont pas subi tohu-bohus plus triomphants.

La tempête a béni mes éveils maritimes.
Plus léger qu'un bouchon j'ai dansé sur les flots
Qu'on appelle rouleurs éternels de victimes,
Dix nuits, sans regretter l'œil niais des falots !

Plus douce qu'aux enfants la chair des pommes sûres,
L'eau verte pénétra ma coque de sapin
Et des taches de vins bleus et des vomissures
Me lava, dispersant gouvernail et grappin.

Et dès lors, je me suis baigné dans le Poème
De la Mer, infusé d'astres, et lactescent,

Dévorant les azurs verts ; où, flottaison blême
Et ravie, un noyé pensif parfois descend ;

Où, teignant tout à coup les bleuités, délires
Et rythmes lents sous les rutilements du jour,
Plus fortes que l'alcool, plus vastes que nos lyres,
Fermentent les rousseurs amères de l'amour !

Je sais des cieux crevant en éclairs, et des trombes
Et des ressacs et des courants : je sais le soir,
L'Aube exaltée ainsi qu'un peuple de colombes,
Et j'ai vu quelquefois ce que l'homme a cru voir !

J'ai vu le soleil bas, taché d'horreurs mystiques,
Illuminant de longs figements violets,
Pareils à des acteurs de drames très antiques
Les flots roulant au loin leurs frissons de volets !

J'ai rêvé la nuit verte aux neiges éblouies,
Baiser montant aux yeux des mers avec lenteur,
La circulation des sèves inouïes,
Et l'éveil jaune et bleu des phosphores chanteurs !

J'ai suivi, des mois pleins, pareille aux vacheries
Hystériques, la houle à l'assaut des récifs,
Sans songer que les pieds lumineux des Maries
Pussent forcer le mufle aux Océans poussifs !

J'ai heurté, savez-vous, d'incroyables Florides
Mêlant aux fleurs des yeux de panthères à peaux
D'hommes ! Des arcs-en-ciel tendus comme des brides
Sous l'horizon des mers, à de glauques troupeaux !

J'ai vu fermenter les marais énormes, nasses
Où pourrit dans les joncs tout un Léviathan !

Des écroulements d'eaux au milieu des bonaces,
Et les lointains vers les gouffres cataractant !

Glaciers, soleils d'argent, flots nacreux, cieux de braises !
Échouages hideux au fond des golfes bruns
Où les serpents géants dévorés des punaises
Choient, des arbres tordus, avec de noirs parfums !

J'aurais voulu montrer aux enfants ces dorades
Du flot bleu, ces poissons d'or, ces poissons chantants.
– Des écumes de fleurs ont bercé mes dérades
Et d'ineffables vents m'ont ailé par instants.

Parfois, martyr lassé des pôles et des zones,
La mer dont le sanglot faisait mon roulis doux
Montait vers moi ses fleurs d'ombre aux ventouses jaunes
Et je restais, ainsi qu'une femme à genoux…

Presque île, ballottant sur mes bords les querelles
Et les fientes d'oiseaux clabaudeurs aux yeux blonds.
Et je voguais, lorsqu'à travers mes liens frêles
Des noyés descendaient dormir, à reculons !

Or moi, bateau perdu sous les cheveux des anses,
Jeté par l'ouragan dans l'éther sans oiseau,
Moi dont les Monitors et les voiliers des Hanses
N'auraient pas repêché la carcasse ivre d'eau ;

Libre, fumant, monté de brumes violettes,
Moi qui trouais le ciel rougeoyant comme un mur
Qui porte, confiture exquise aux bons poètes,
Des lichens de soleil et des morves d'azur ;

Qui courais, taché de lunules électriques,
Planche folle, escorté des hippocampes noirs,
Quand les juillets faisaient crouler à coups de triques
Les cieux ultramarins aux ardents entonnoirs ;

Moi qui tremblais, sentant geindre à cinquante lieues
Le rut des Béhémots et les Maelstroms épais,
Fileur éternel des immobilités bleues,
Je regrette l'Europe aux anciens parapets !

J'ai vu des archipels sidéraux ! et des îles
Dont les cieux délirants sont ouverts au vogueur :
– Est-ce en ces nuits sans fonds que tu dors et t'exiles,
Million d'oiseaux d'or, ô future Vigueur ?

Mais, vrai, j'ai trop pleuré ! Les Aubes sont navrantes.
Toute lune est atroce et tout soleil amer :
L'âcre amour m'a gonflé de torpeurs enivrantes.
Ô que ma quille éclate ! Ô que j'aille à la mer !

Si je désire une eau d'Europe, c'est la flache
Noire et froide où vers le crépuscule embaumé
Un enfant accroupi plein de tristesse, lâche
Un bateau frêle comme un papillon de mai.

Je ne puis plus, baigné de vos langueurs, ô lames,
Enlever leur sillage aux porteurs de cotons,
Ni traverser l'orgueil des drapeaux et des flammes,
Ni nager sous les yeux horribles des pontons.

59. **Roman**

On n'est pas sérieux quand on a dix-sept ans.
– Un beau soir, foin des bocks et de la limonade,
Des cafés tapageurs aux lustres éclatants !
On va sous les tilleuls verts de la promenade.

Les tilleuls sentent bon dans les bons soirs de juin !
L'air est parfois si doux, qu'on ferme la paupière.
Le vent chargé de bruits – la ville n'est pas loin –
A des parfums de vigne et des parfums de bière…

– Voilà qu'on aperçoit un tout petit chiffon
D'azur sombre encadré d'une petite branche,
Piqué d'une mauvaise étoile, qui se fond
Avec de doux frissons, petite et toute blanche…

Nuit de juin ! Dix-sept ans ! – On se laisse griser.
La sève est du champagne et vous monte à la tête…
On divague ; on se sent aux lèvres un baiser
Qui palpite, là, comme une petite bête…

Le cœur fou robinsonne à travers les romans,
– Lorsque, dans la clarté d'un pâle réverbère,
Passe une demoiselle aux petits airs charmants,
Sous l'ombre du faux-col effrayant de son père…

Et, comme elle vous trouve immensément naïf,
Tout en faisant trotter ses petites bottines,

Elle se tourne, alerte et d'un mouvement vif…
– Sur vos lèvres alors meurent les cavatines…

Vous êtes amoureux. Loué jusqu'au mois d'août.
Vous êtes amoureux. – Vos sonnets La font rire.
Tous vos amis s'en vont, vous êtes mauvais goût.
– Puis l'adorée, un soir, a daigné vous écrire !…

Ce soir-là…, – vous rentrez aux cafés éclatants,
Vous demandez des bocks ou de la limonade…
– On n'est pas sérieux quand on a dix-sept ans
Et qu'on a des tilleuls verts sur la promenade.

60. **Les Chercheuses de poux**

Quand le front de l'enfant, plein de rouges tourmentes,
Implore l'essaim blanc des rêves indistincts,
Il vient près de son lit deux grandes sœurs charmantes
Avec leurs frêles doigts aux ongles argentins.

Elles assoient l'enfant devant une croisée
Grande ouverte où l'air bleu baigne un fouillis de fleurs,
Et dans ses lourds cheveux où tombe la rosée
Promènent leurs doigts fins, terribles et charmeurs.

Il écoute chanter leurs haleines craintives
Qui fleurent de longs miels végétaux et rosés,
Et qu'interrompt parfois un sifflement, salive
Retenue sur la lèvre ou désirs de baisers.

Il entend leurs cils noirs battant dans les silences
Parfumés ; et leurs doigts électriques et doux
Font crépiter parmi ses grises indolences
Sous leurs ongles royaux la mort des petits poux.

Voilà que monte en lui le vin de la Paresse,
Soupirs d'harmonica qui pourraient délirer ;
L'enfant se sent, selon la lenteur des caresses,
Sourdre et mourir sans cesse un désir de pleurer.

61. **Leda and the Swan**

A sudden blow : the great wings beating still
Above the staggering girl, her thighs caressed
By the dark webs, her nape caught in his bill,
He holds her helpless breast upon his breast.

How can those terrified vague fingers push
The feathered glory from her loosening thighs ?
And how can body, laid in that white rush,
But feel the strange heart beating where it lies ?

A shudder in the loins engenders there
The broken wall, the burning roof and tower
And Agamemnon dead.
                                        Being so caught up,
So mastered by the brute blood of the air
Did she put on his knowledge with his power
Before the indifferent beak could let her drop ?

62. **When You are Old**

When you are old and gray and full of sleep
And nodding by the fire, take down this book,
And slowly read, and dream of the soft look
Your eyes had once, and of their shadows deep;

How many loved your moments of glad grace,
And loved your beauty with love false or true;
But one man loved the pilgrim soul in you,
And loved the sorrows of your changing face.

And bending down beside the glowing bars,
Murmur, a little sadly, how love fled
And paced upon the mountain overhead,
And hid his face amid a crowd of stars.

63. **The Song of the Wandering Aengus**

I went out to the hazel wood,
Because a fire was in my head,
And cut and peeled a hazel wand,
And hooked a berry to the thread ;
And when white moths were on the wing,
And moth-like stars were flickering out,
I dropped the berry in a stream
And caught a little silver trout.

When I had laid it on the floor
I went to blow the fire aflame,
But something rustled on the floor,
And some one called me by my name :
It had become a glimmering girl
With apple blossom in her hair
Who called me by my name and ran
And faded through the brightening air.

Though I am old with wandering
Through hollow lands and hilly lands,
I will find out where she has gone,
And kiss her lips and take her hands ;
And walk among long dappled grass,
And pluck till time and times are done
The silver apples of the moon,
The golden apples of the sun.

64. **He Wishes for the Cloths of Heaven**

Had I the heavens' embroidered cloths,
Enwrought with golden and silver light,
The blue and the dim and the dark cloths
Of night and light and the half-light,
I would spread the cloths under your feet:
But I, being poor, have only my dreams;
I have spread my dreams under your feet;
Tread softly because you tread on my dreams.

PAUL VALÉRY (NÉ EN 1871)

65. **Le Cimetière marin**

Ce toit tranquille, où marchent des colombes,
Entre les pins palpite, entre les tombes ;
Midi le juste y compose de feux
La mer, la mer, toujours recommencée
Ô récompense après une pensée
Qu'un long regard sur le calme des dieux !

Quel pur travail de fins éclairs consume
Maint diamant d'imperceptible écume,
Et quelle paix semble se concevoir !
Quand sur l'abîme un soleil se repose,
Ouvrages purs d'une éternelle cause,
Le temps scintille et le songe est savoir.

Stable trésor, temple simple à Minerve,
Masse de calme, et visible réserve,
Eau sourcilleuse, Œil qui gardes en toi
Tant de sommeil sous une voile de flamme,
Ô mon silence !... Édifice dans l'âme,
Mais comble d'or aux mille tuiles, Toit !

Temple du Temps, qu'un seul soupir résume,
À ce point pur je monte et m'accoutume,
Tout entouré de mon regard marin ;
Et comme aux dieux mon offrande suprême,
La scintillation sereine sème
Sur l'altitude un dédain souverain.

Comme le fruit se fond en jouissance,
Comme en délice il change son absence
Dans une bouche où sa forme se meurt,
Je hume ici ma future fumée,
Et le ciel chante à l'âme consumée
Le changement des rives en rumeur.

Beau ciel, vrai ciel, regarde-moi qui change !
Après tant d'orgueil, après tant d'étrange
Oisiveté, mais pleine de pouvoir,
Je m'abandonne à ce brillant espace,
Sur les maisons des morts mon ombre passe
Qui m'apprivoise à son frêle mouvoir.

L'âme exposée aux torches du solstice,
Je te soutiens, admirable justice
De la lumière aux armes sans pitié !
Je te rends pure à ta place première,
Regarde-toi !... Mais rendre la lumière
Suppose d'ombre une morne moitié.

Ô pour moi seul, à moi seul, en moi-même,
Auprès d'un cœur, aux sources du poème,
Entre le vide et l'événement pur,
J'attends l'écho de ma grandeur interne,
Amère, sombre, et sonore citerne,
Sonnant dans l'âme un creux toujours futur !

Sais-tu, fausse captive des feuillages,
Golfe mangeur de ces maigres grillages,
Sur mes yeux clos, secrets éblouissants,
Quel corps me traîne à sa fin paresseuse,
Quel front l'attire à cette terre osseuse ?
Une étincelle y pense à mes absents.

Fermé, sacré, plein d'un feu sans matière,
Fragment terrestre offert à la lumière,
Ce lieu me plaît, dominé de flambeaux,
Composé d'or, de pierre et d'arbres sombres,
Où tant de marbre est tremblant sur tant d'ombres ;
La mer fidèle y dort sur mes tombeaux !

Chienne splendide, écarte l'idolâtre !
Quand solitaire au sourire de pâtre,
Je pais longtemps, moutons mystérieux,
Le blanc troupeau de mes tranquilles tombes,
Éloignes-en les prudentes colombes,
Les songes vains, les anges curieux !

Ici venu, l'avenir est paresse.
L'insecte net gratte la sécheresse ;
Tout est brûlé, défait, reçu dans l'air
A je ne sais quelle sévère essence…
La vie est vaste, étant ivre d'absence,
Et l'amertume est douce, et l'esprit clair.

Les morts cachés sont bien sous cette terre
Qui les réchauffe et sèche leur mystère.
Midi là-haut, Midi sans mouvement
En soi se pense et convient à soi-même
Tête complète et parfait diadème,
Je suis en toi le secret changement.

Tu n'as que moi pour contenir tes craintes !
Mes repentirs, mes doutes, mes contraintes
Sont le défaut de ton grand diamant !…
Mais dans leur nuit toute lourde de marbres,
Un peuple vague aux racines des arbres
A pris déjà ton parti lentement.

Ils ont fondu dans une absence épaisse,
L'argile rouge a bu la blanche espèce,
Le don de vivre a passé dans les fleurs !
Où sont des morts les phrases familières,
L'art personnel, les âmes singulières ?
La larve file où se formaient des pleurs.

Les cris aigus des filles chatouillées,
Les yeux, les dents, les paupières mouillées,
Le sein charmant qui joue avec le feu,
Le sang qui brille aux lèvres qui se rendent,
Les derniers dons, les doigts qui les défendent,
Tout va sous terre et rentre dans le jeu !

Et vous, grande âme, espérez-vous un songe
Qui n'aura plus ces couleurs de mensonge
Qu'aux yeux de chair l'onde et l'or font ici ?
Chanterez-vous quand serez vaporeuse ?
Allez ! Tout fuit ! Ma présence est poreuse,
La sainte impatience meurt aussi !

Maigre immortalité noire et dorée,
Consolatrice affreusement laurée,
Qui de la mort fais un sein maternel,
Le beau mensonge et la pieuse ruse !
Qui ne connaît, et qui ne les refuse,
Ce crâne vide et ce rire éternel !

Pères profonds, têtes inhabitées,
Qui sous le poids de tant de pelletées,
Êtes la terre et confondez nos pas,
Le vrai rongeur, le ver irréfutable
N'est point pour vous qui dormez sous la table,
Il vit de vie, il ne me quitte pas !

Amour, peut-être, ou de moi-même haine ?
Sa dent secrète est de moi si prochaine
Que tous les noms lui peuvent convenir !
Qu'importe ! Il voit, il veut, il songe, il touche !
Ma chair lui plaît, et jusque sur ma couche,
À ce vivant je vis d'appartenir !

Zénon ! Cruel Zénon ! Zénon d'Êlée !
Tu m'as percé de cette flèche ailée
Qui vibre, vole, et qui ne vole pas !
Le son m'enfante et la flèche me tue !
Ah ! le soleil... Quelle ombre de tortue
Pour l'âme, Achille immobile à grands pas !

Non, non !... Debout ! Dans l'ère successive !
Brisez, mon corps, cette forme pensive !
Buvez, mon sein, la naissance du vent !
Une fraîcheur, de la mer exhalée,
Me rend mon âme... Ô puissance salée !
Courons à l'onde en rejaillir vivant.

Oui ! grande mer de délires douée,
Peau de panthère et chlamyde trouée,
De mille et mille idoles du soleil,
Hydre absolue, ivre de ta chair bleue,
Qui te remords l'étincelante queue
Dans un tumulte au silence pareil

Le vent se lève !... il faut tenter de vivre !
L'air immense ouvre et referme mon livre,
La vague en poudre ose jaillir des rocs !
Envolez-vous, pages tout éblouies !
Rompez, vagues ! Rompez d'eaux réjouies
Ce toit tranquille où picoraient des focs !

66. **Terzinen über Vergänglichkeit**

Noch spür ich ihren Atem auf den Wangen :
Wie kann das sein, dass diese nahen Tage
Fort sind, für immer fort, und ganz vergangen ?

Dies ist ein Ding, das keiner voll aussinnt,
Und viel zu grauenvoll, als dass man klage :
Dass alles gleitet und vorüberrinnt

Und dass mein eignes Ich, durch nichts gehemmt,
Herüberglitt aus einem kleinen Kind
Mir wie ein Hund unheimlich stumm und fremd.

Dann : dass ich auch vor hundert Jahren war
Und meine Ahnen, die im Totenhemd,
Mit mir verwandt sind wie mein eignes Haar,

So eins mit mir als wie mein eignes Haar.

67. **Manche freilich**

Manche freilich müssen drunten sterben
wo die schweren Ruder der Schiffe streifen,
Andere wohnen bei dem Steuer droben,
kennen Vogelflug und die Länder der Sterne.

Manche liegen mit immer schweren Gliedern
bei den Wurzeln des verworrenen Lebens,
Anderen sind die Stühle gerichtet
bei den Sibyllen, den Königinnen,
und da sitzen sie wie zu Hause,
leichten Hauptes und leichter Hände.

Doch ein Schatten fällt von jenen Leben
auf die anderen Leben hinüber,
und die leichten sind an die schweren
wie an Luft und Erde gebunden.

Ganz vergessener Völker Müdigkeiten
kann ich nicht abtun von meinen Lidern,
noch weghalten von der erschrockenen Seele
stummes Niederfallen ferner Sterne.

Viele Geschicke weben neben dem meinen,
durcheinander spielt sie all das Dasein,
und mein Teil ist mehr als dieses Lebens
schlanke Flamme oder schmale Leier.

68. **Vorfrühling**

Es läuft der Frühlingswind
Durch kahle Alleen,
Seltsame Dinge sind
In seinem Wehn.

Er hat sich gewiegt,
Wo Weinen war,
Und hat sich geschmiegt
In zerrüttetes Haar.

Er schüttelte nieder
Akazienblüten
Und kühlte die Glieder,
Die atmend glühten.

Lippen im Lachen
Hat er berührt,
Die weichen und wachen
Fluren durchspürt.

Er glitt durch die Flöte,
Als schluchzender Schrei,
An dämmernder Röte
Flog er vorbei.

Er flog mit Schweigen
Durch flüsternde Zimmer

Und löschte im Neigen
Der Ampel Schimmer.

Es läuft der Frühlingswind
Durch kahle Alleen,
Seltsame Dinge sind
In seinem Wehn.

Durch die glatten
Kahlen Alleen
Treibt sein Wehn
Blasse Schatten

Und den Duft,
Den er gebracht,
Von wo er gekommen
Seit gestern Nacht.

69. **Ballade des äußeren Lebens**

Und Kinder wachsen auf mit tiefen Augen,
die von nichts wissen, wachsen auf und sterben,
und alle Menschen gehen ihrer Wege.

Und süße Früchte werden aus den herben
und fallen nachts wie tote Vögel nieder
und liegen wenig Tage und verderben.

Und immer weht der Wind, und immer wieder
vernehmen wir und reden viele Worte
und spüren Lust und Müdigkeit der Glieder.

Und Straßen laufen durch das Gras, und Orte
sind da und dort, voll Fackeln, Bäumen, Teichen,
und drohende, und totenhaft verdorrte…

Wozu sind diese aufgebaut ? Und gleichen
einander nie ? Und sind unzählig viele ?
Was wechselt Lachen, Weinen und Erbleichen ?

Was frommt das alles uns und diese Spiele,
die wir doch groß und ewig einsam sind
und wandernd nimmer suchen irgend Ziele ?

Was frommt's, dergleichen viel gesehen haben ?
Und dennoch sagt der viel, der Abend sagt,
ein Wort, daraus Tiefsinn und Trauer rinnt
wie schwerer Honig aus den hohlen Waben.

RAINER MARIA RILKE (NÉ EN 1875)

70. **Die erste Duineser Elegie**

Wer, wenn ich schriee, hörte mich denn aus der Engel
Ordnungen ? und gesetzt selbst, es nähme
einer mich plötzlich ans Herz : ich verginge von
seinem
stärkeren Dasein. Denn das Schöne ist nichts
als des Schrecklichen Anfang, den wir noch grade
ertragen,
und wir bewundern es so, weil es gelassen ver-
schmäht,
uns zu zerstören. Ein jeder Engel ist schrecklich.
Und so verhalt ich mich denn und verschlucke den
Lockruf
dunkelen Schluchzens. Ach, wen vermögen
wir denn zu brauchen ? Engel nicht, Menschen nicht,
und die findigen Tiere merken es schon,
daß wir nicht sehr verläßlich zu Haus sind
in der gedeuteten Welt. Es bleibt uns vielleicht
irgend ein Baum an dem Abhang, daß wir ihn täglich
wiedersehen ; es bleibt uns die Straße von gestern
und das verzogene Treusein einer Gewohnheit,
der es bei uns gefiel, und so blieb sie und ging nicht.
O und die Nacht, die Nacht, wenn der Wind voller
Weltraum
uns am Angesicht zehrt –, wem bliebe sie nicht, die
ersehnte,
sanft enttäuschende, welche dem einzelnen Herzen
mühsam bevorsteht. Ist sie den Liebenden leichter ?
Ach, sie verdecken sich nur mit einander ihr Los.

Weißt du's noch nicht? Wirf aus den Armen die Leere
zu den Räumen hinzu, die wir atmen; vielleicht
daß die Vögel
die erweiterte Luft fühlen mit innigerm Flug.

Ja, die Frühlinge brauchten dich wohl. Es muteten
manche
Sterne dir zu, daß du sie spürtest. Es hob
sich eine Woge heran im Vergangenen, oder
da du vorüberkamst am geöffneten Fenster,
gab eine Geige sich hin. Das alles war Auftrag.
Aber bewältigtest du's? Warst du nicht immer
noch von Erwartung zerstreut, als kündigte alles
eine Geliebte dir an? (Wo willst du sie bergen,
da doch die großen fremden Gedanken bei dir
aus und ein gehn und öfters bleiben bei Nacht.)
Sehnt es dich aber, so singe die Liebenden; lange
noch nicht unsterblich genug ist ihr berühmtes Gefühl.
Jene, du neidest sie fast, Verlassene, die du
so viel liebender fandst als die Gestillten. Beginn
immer von neuem die nie zu erreichende Preisung;
denk: es erhält sich der Held, selbst der Untergang
war ihm
nur ein Vorwand zu sein: seine letzte Geburt.
Aber die Liebenden nimmt die erschöpfte Natur
in sich zurück, als wären nicht zweimal die Kräfte,
dieses zu leisten. Hast du der Gaspara Stampa
denn genügend gedacht, daß irgend ein Mädchen,
dem der Geliebte entging, am gesteigerten Beispiel
dieser Liebenden fühlt: daß ich würde wie sie?
Sollen nicht endlich uns diese ältesten Schmerzen
fruchtbarer werden? Ist es nicht Zeit, daß wir liebend
uns vom Geliebten befrein und es bebend bestehn:
wie der Pfeil die Sehne besteht, um gesammelt im
Absprung
mehr zu sein als er selbst. Denn Bleiben ist nirgends.

Stimmen, Stimmen. Höre, mein Herz, wie sonst nur
Heilige hörten : daß sie der riesige Ruf
aufhob vom Boden ; sie aber knieten,
Unmögliche, weiter und achtetens nicht :
So waren sie hörend. Nicht, daß du Gottes ertrügest
die Stimme, bei weitem. Aber das Wehende höre,
die ununterbrochene Nachricht, die aus Stille sich
bildet.
Es rauscht jetzt von jenen jungen Toten zu dir.
Wo immer du eintratst, redete nicht in Kirchen
zu Rom und Neapel ruhig ihr Schicksal dich an ?
Oder es trug eine Inschrift sich erhaben dir auf,
wie neulich die Tafel in Santa Maria Formosa.
Was sie mir wollen ? leise soll ich des Unrechts
Anschein abtun, der ihrer Geister
reine Bewegung manchmal ein wenig behindert.

Freilich ist es seltsam, die Erde nicht mehr zu
bewohnen,
kaum erlernte Gebräuche nicht mehr zu üben,
Rosen, und andern eigens versprechenden Dingen
nicht die Bedeutung menschlicher Zukunft zu geben ;
das, was man war in unendlich ängstlichen Händen,
nicht mehr zu sein, und selbst den eigenen Namen
wegzulassen wie ein zerbrochenes Spielzeug.
Seltsam, die Wünsche nicht weiter zu wünschen.
Seltsam,
alles, was sich bezog, so lose im Raume
flattern zu sehen. Und das Totsein ist mühsam
und voller Nachholn, daß man allmählich ein wenig
Ewigkeit spürt. – Aber Lebendige machen
alle den Fehler, daß sie zu stark unterscheiden.
Engel (sagt man) wüßten oft nicht, ob sie unter
Lebenden gehn oder Toten. Die ewige Strömung

reißt durch beide Bereiche alle Alter
immer mit sich und übertönt sie in beiden.

Schließlich brauchen sie uns nicht mehr, die
    Früheentrückten,
man entwöhnt sich des Irdischen sanft, wie man
    den Brüsten
milde der Mutter entwächst. Aber wir, die so große
Geheimnisse brauchen, denen aus Trauer so oft
seliger Fortschritt entspringt – : könnten wir sein
    ohne sie ?
Ist die Sage umsonst, daß einst in der Klage um Linos
wagende erste Musik dürre Erstarrung durchdrang ;
daß erst im erschrockenen Raum, dem ein beinah
    göttlicher Jüngling
plötzlich für immer enttrat, das Leere in jene
Schwingung geriet, die uns jetzt hinreißt und tröstet
    und hilft.

71. **Orpheus. Eurydike. Hermes.**

Das war der Seelen wunderliches Bergwerk.
Wie stille Silbererze gingen sie
als Adern durch sein Dunkel. Zwischen Wurzeln
entsprang das Blut, das fortgeht zu den Menschen,
und schwer wie Porphyr sah es aus im Dunkel.
Sonst war nichts Rotes.

Felsen waren da
und wesenlose Wälder. Brücken über Leeres
und jener große graue blinde Teich,
der über seinem fernen Grunde hing
wie Regenhimmel über einer Landschaft.
Und zwischen Wiesen, sanft und voller Langmut,
erschien des einen Weges blasser Streifen,
wie eine lange Bleiche hingelegt.

Und dieses einen Weges kamen sie.

Voran der schlanke Mann im blauen Mantel,
der stumm und ungeduldig vor sich aussah.
Ohne zu kauen fraß sein Schritt den Weg
in großen Bissen ; seine Hände hingen
schwer und verschlossen aus dem Fall der Falten
und wussten nicht mehr von der leichten Leier,
die in die Linke eingewachsen war
wie Rosenranken in den Ast des Ölbaums.
Und seine Sinne waren wie entzweit :
indes der Blick ihm wie ein Hund vorauslief,

umkehrte, kam und immer wieder weit
und wartend an der nächsten Wendung stand, –
blieb sein Gehör wie ein Geruch zurück.
Manchmal erschien es ihm als reichte es
bis an das Gehen jener beiden andern,
die folgen sollten diesen ganzen Aufstieg.
Dann wieder wars nur seines Steigens Nachklang
und seines Mantels Wind was hinter ihm war.
Er aber sagte sich, sie kämen doch;
sagte es laut und hörte sich verhallen.
Sie kämen doch, nur wärens zwei
die furchtbar leise gingen. Dürfte er
sich einmal wenden (wäre das Zurückschaun
nicht die Zersetzung dieses ganzen Werkes,
das erst vollbracht wird), müsste er sie sehen,
die beiden Leisen, die ihm schweigend nachgehn:

Den Gott des Ganges und der weiten Botschaft,
die Reisehaube über hellen Augen,
den schlanken Stab hertragend vor dem Leibe
und flügelschlagend an den Fußgelenken;
und seiner linken Hand gegeben: *sie.*

Die So-geliebte, dass aus einer Leier
mehr Klage kam als je aus Klagefrauen;
dass eine Welt aus Klage ward, in der
alles noch einmal da war: Wald und Tal
und Weg und Ortschaft, Feld und Fluss und Tier;
und dass um diese Klage-Welt, ganz so
wie um die andre Erde, eine Sonne
und ein gestirnter stiller Himmel ging,
ein Klage-Himmel mit entstellten Sternen –:
Diese So-geliebte.

Sie aber ging an jenes Gottes Hand,
den Schritt beschränkt von langen Leichenbändern,

unsicher, sanft und ohne Ungeduld.
Sie war in sich, wie Eine hoher Hoffnung,
und dachte nicht des Mannes, der voranging,
und nicht des Weges, der ins Leben aufstieg.
Sie war in sich. Und ihr Gestorbensein
erfüllte sie wie Fülle.
Wie eine Frucht von Süßigkeit und Dunkel,
so war sie voll von ihrem großen Tode,
der also neu war, dass sie nichts begriff.

Sie war in einem neuen Mädchentum
und unberührbar; ihr Geschlecht war zu
wie eine junge Blume gegen Abend,
und ihre Hände waren der Vermählung
so sehr entwöhnt, dass selbst des leichten Gottes
unendlich leise, leitende Berührung
sie kränkte wie zu sehr Vertraulichkeit.

Sie war schon nicht mehr diese blonde Frau,
die in des Dichters Liedern manchmal anklang,
nicht mehr des breiten Bettes Duft und Eiland
und jenes Mannes Eigentum nicht mehr.

Sie war schon aufgelöst wie langes Haar
und hingegeben wie gefallner Regen
und ausgeteilt wie hundertfacher Vorrat.

Sie war schon Wurzel.

Und als plötzlich jäh
der Gott sie anhielt und mit Schmerz im Ausruf
die Worte sprach: Er hat sich umgewendet –,
begriff sie nichts und sagte leise: *Wer?*

Fern aber, dunkel vor dem klaren Ausgang,
stand irgend jemand, dessen Angesicht

nicht zu erkennen war. Er stand und sah,
wie auf dem Streifen eines Wiesenpfades
mit trauervollem Blick der Gott der Botschaft
sich schweigend wandte, der Gestalt zu folgen,
die schon zurückging dieses selben Weges,
den Schritt beschränkt von langen Leichenbändern,
unsicher, sanft und ohne Ungeduld.

72. **Der Panther**

Im Jardin des Plantes, Paris

Sein Blick ist vom Vorübergehn der Stäbe
so müd geworden, dass er nichts mehr hält.
Ihm ist, als ob es tausend Stäbe gäbe
und hinter tausend Stäben keine Welt.

Der weiche Gang geschmeidig starker Schritte,
der sich im allerkleinsten Kreise dreht,
ist wie ein Tanz von Kraft um eine Mitte,
in der betäubt ein großer Wille steht.

Nur manchmal schiebt der Vorhang der Pupille
sich lautlos auf – Dann geht ein Bild hinein,
geht durch der Glieder angespannten Stille –
und hört im Herzen auf zu sein.

73. **Leda**

Als ihn der Gott in seiner Not betrat,
erschrak er fast, den Schwan so schön zu finden ;
er ließ sich ganz verwirrt in ihm verschwinden.
Schon aber trug ihn sein Betrug zur Tat,

bevor er noch des unerprobten Seins
Gefühle prüfte. Und die Aufgetane
erkannte schon den Kommenden im Schwane
und wusste schon : er bat um eins,

das sie, verwirrt in ihrem Widerstand,
nicht mehr verbergen konnte. Er kam nieder
und halsend durch die immer schwächre Hand

ließ sich der Gott in die Geliebte los.
Dann erst empfand er glücklich sein Gefieder
und wurde wirklich Schwan in ihrem Schoss.

74. **Die heiligen drei Könige**

Einst als am Saum der Wüste sich
Auftat die Hand des Herrn,
Wie eine Frucht die sommerlich
Verkündet ihren Kern
Da war ein Wunder. Fern
Erkannten und begrüssten sich
Drei Könige und ein Stern.
Drei Könige von unterwegs
Und der Stern überall
Die zogen alle, überleg's,
So rechts ein Rex und links ein Rex
Zu einem stillen Stall.
Was brachten die nicht alles mit
Zum Stall in Bethlehem
Weithin erklirrte jeder Schritt
Und der auf einem Rappen ritt
Sass samten und bequem
Und der zu seiner rechten ging
Der war ein goldner Mann
Und der zu seiner linken, fing
Mit Schwang und Schwung, und Klang und Kling,
Aus einem runden Silberding
Das wiegend und in Ringen hing
Ganz blau zu rauchen an.
Da lachte der Stern überall
So seltsam über sie,
Und lief voran und stand am Stall
Und sagte zu Marie

Da bring ich eine Wanderschaft
Aus vieler Fremde her,
Drei Könige mit Magenkraft
Von Gold und Topaz schwer
Und dunkel, tumb und heidenhaft
Erschrick mir nicht zu sehr !
Sie haben alle drei zu Haus
Zwölf Töchter, keinen Sohn,
Drum bitten sie sich deinen aus
Als Sonne ihres Himmelblaus
Und Trost für ihren Thron.
Doch must du nicht gleich glauben bloss
Ein Funkelfürst und Heidenscheich
Sei deines Sohnes Los.
Bedenk, der Weg ist gross !
Sie wandern alle hirtengleich
Inzwischen fällt ihr reifes Reich
Gott weiss wem in den Schoss
Und während hier, wie Westwind warm,
Der Ochs ihr Ohr umschnaubt
Sind sie vielleicht schon alle arm
Und so wie ohne Haupt.
Drum mach mit deinem Lächeln licht
Die Wirrniss die sie sind
Und wende du dein Angesicht
Gen Aufgang und dein Kind.
Dort liegt in blauen Linien
Was jeder dir verliess,
Smaragden und Rubinien
Und die Täler von Türkies.

RUDOLF BORCHARDT (NÉ EN 1877)

75. **Melusine**

O Guy von Lusignan, ich seh' Dir's an
Unglücklich willst Du warden
Was willst Du, Mann
Du willst von mir was ich nicht geben kann
Ich fasse die Beschwerden,
Die unheilbaren nicht davon Du brennst
Nur die Gebärden
Seh ich sonnst nichts, untröstlich Kind der Erden
Ich bin wie Du mich kennst,
Das lebt nicht hinter mir wonach Du lüstest
Wenn du bgännst
Danach zu greifen griffest Du Gespenst
O Lusignan, Du büsstest
Die ganze Lust. Wo ist das wo erfühlen
Du mich noch müsstest ?
Wo blüht mir, wo, der Mund den Du nicht küsstest ?
Wo tiefer Dich zu kühlen
In mir verspart ich Dir den wildren Schoss
Als diesen schwühlen ?
Wo Brüste lauer, lau an Dich zu spülen ?
Guy, lass mich wieder los
Aus meinen Freuden heim, aus deinen Wehen
Ins ältere Los
Nur sag' nicht : « Lust » sag'nicht « Wie war sie gross ? »
Kein Weg bei mir zu stehen
Geht tiefer als durch Lippen Mund auf Mund
In's Tiefre gehen

Nur Stürze tauben Stein's in meine Seen
Dort lieg ich tausend Stund und rund und rund
Ist ewig nichts geschehen
Und bin ein Schlund
Der Welt und war's vor Euch und eurem Bund
Dass Dich's noch einmalk triebe
Zu mir, da warst Du gross und rot und rein
Nun bist Du bleich, nun bist Du weiss wie Lein
Weil Du mich liebst und weil ich Dich nicht liebe
O Guy von Lusignan, ich seh' Dir's an
Du schluchzest in der Kehle
Geh beichten, Mann
Ich hab es nicht was Dich getrösten kann.
Gleich einem Meerjuwele
Fischtest Du mich zu Dir und ich gewann
Dich Lebensbrand in meinen kalten Bann
Mehr weiss ich nicht, was frommt's dass ich mich quäle
O Guy von Lusignan
Ich geb's ja keinem
Was ich vor Dir helle
Nur Leib und Mund will ich an Jedermann
Verschenken dass er mir von Dir erzähle
Vielleicht es spurts kein Andrer was mir fehle
Dein Fischer nicht, der Jäger nicht im Tann
O Guy von Lusignan, stirb nicht daran
Ich habe keine Seele

76. **Rotes Laub**

Der Frühling kam, leicht wie ein Wolkenflug
Mir ward an seinem feinen Schimmer nicht genug

Der Sommer kam, in Fülle und in Schwüle,
Da bin ich scheu geflohn in eines Schatten's Kühle

Nun streut der Herbst mir Blätter auf die Schwelle
Wie hast Du Dir in Qual und Pracht,

Wie hast Du uns, schwermütiger Geselle,
Das arme Ende bunt gemacht.

77. La Chanson du mal-aimé

à Paul Léautaud.

Et je chantais cette romance
En 1903 sans savoir
Que mon amour à la semblance
Du beau Phénix s'il meurt un soir
Le matin voit sa renaissance.

Un soir de demi-brume à Londres
Un voyou qui ressemblait à
Mon amour vint à ma rencontre
Et le regard qu'il me jeta
Me fit baisser les yeux de honte

Je suivis ce mauvais garçon
Qui sifflotait mains dans les poches
Nous semblions entre les maisons
Onde ouverte de la mer Rouge
Lui les Hébreux moi Pharaon

Que tombent ces vagues de briques
Si tu ne fus pas bien aimée
Je suis le souverain d'Égypte
Sa sœur-épouse son armée
Si tu n'es pas l'amour unique

Au tournant d'une rue brûlant
De tous les feux de ses façades

Plaies du brouillard sanguinolent
Où se lamentaient les façades
Une femme lui ressemblant

C'était son regard d'inhumaine
La cicatrice à son cou nu
Sortit saoule d'une taverne
Au moment où je reconnus
La fausseté de l'amour même

Lorsqu'il fut de retour enfin
Dans sa patrie le sage Ulysse
Son vieux chien de lui se souvint
Près d'un tapis de haute lisse
Sa femme attendait qu'il revînt

L'époux royal de Sacontale
Las de vaincre se réjouit
Quand il la retrouva plus pâle
D'attente et d'amour yeux pâlis
Caressant sa gazelle mâle

J'ai pensé à ces rois heureux
Lorsque le faux amour et celle
Dont je suis encore amoureux
Heurtant leurs ombres infidèles
Me rendirent si malheureux

Regrets sur quoi l'enfer se fonde
Qu'un ciel d'oubli s'ouvre à mes vœux
Pour son baiser les rois du monde
Seraient morts les pauvres fameux
Pour elle eussent vendu leur ombre

J'ai hiverné dans mon passé
Revienne le soleil de Pâques

Pour chauffer un cœur plus glacé
Que les quarante de Sébaste
Moins que ma vie martyrisés

Mon beau navire ô ma mémoire
Avons-nous assez navigué
Dans une onde mauvaise à boire
Avons-nous assez divagué
De la belle aube au triste soir

Adieu faux amour confondu
Avec la femme qui s'éloigne
Avec celle que j'ai perdue
L'année dernière en Allemagne
Et que je ne reverrai plus

Voie lactée ô sœur lumineuse
Des blancs ruisseaux de Chanaan
Et des corps blancs des amoureuses
Nageurs morts suivrons-nous d'ahan
Ton cours vers d'autres nébuleuses

Je me souviens d'une autre année
C'était l'aube d'un jour d'avril
J'ai chanté ma joie bien-aimée
Chanté l'amour à voix virile
Au moment d'amour de l'année

– AUBADE –
CHANTÉE À LÆTARE, UN AN PASSÉ

C'est le printemps viens-t'en Pâquette
Te promener au bois joli
Les poules dans la cour caquètent
L'aube au ciel fait de roses plis
L'amour chemine à ta conquête

Mars et Vénus sont revenus
Ils s'embrassent à bouches folles
Devant des sites ingénus
Où sous les roses qui feuillolent
De beaux dieux roses dansent nus

Viens ma tendresse est la régente
De la floraison qui paraît
La nature est belle et touchante
Pan sifflote dans la forêt
Les grenouilles humides chantent

– –

Beaucoup de ces dieux ont péri
C'est sur eux que pleurent les saules
Le grand Pan l'amour Jésus-Christ
Sont bien morts et les chats miaulent
Dans la cour je pleure à Paris

Moi qui sais des lais pour les reines
Les complaintes de mes années
Des hymnes d'esclave aux murènes
La romance du mal aimé
Et des chansons pour les sirènes

L'amour est mort j'en suis tremblant
J'adore de belles idoles
Les souvenirs lui ressemblant
Comme la femme de Mausole
Je reste fidèle et dolent

Je suis fidèle comme un dogue
Au maître le lierre au tronc
Et les Cosaques Zaporogues

Ivrognes pieux et larrons
Aux steppes et au décalogue

Portez comme un joug le Croissant
Qu'interrogent les astrologues
Je suis le Sultan tout-puissant
O mes Cosaques Zaporogues
Votre Seigneur éblouissant

Devenez mes sujets fidèles
Leur avait écrit le Sultan
Ils rirent à cette nouvelle
Et répondirent à l'instant
À la lueur d'une chandelle

– RÉPONSE DES COSAQUES ZAPOROGUES AU SULTAN DE CONSTANTINOPLE –

Plus criminel que Barrabas
Cornu comme les mauvais anges
Quel Belzébuth es-tu là-bas
Nourri d'immondice et de fange
Nous n'irons pas à tes sabbats

Poisson pourri de Salonique
Long collier des sommeils affreux
D'yeux arrachés à coup de pique
Ta mère fit un pet foireux
Et tu naquis de sa colique

Bourreau de Podolie Amant
Des plaies des ulcères des croûtes
Groin de cochon cul de jument
Tes richesses garde-les toutes
Pour payer tes médicaments

– –

Voie lactée ô sœur lumineuse
Des blancs ruisseaux de Chanaan
Et des corps blancs des amoureuses
Nageurs morts suivrons-nous d'ahan
Ton cours vers d'autres nébuleuses

Regret des yeux de la putain
Et belle comme une panthère
Amour vos baisers florentins
Avaient une saveur amère
Qui a rebuté nos destins

Ses regards laissaient une traîne
D'étoiles dans les soirs tremblants
Dans ses yeux nageaient les sirènes
Et nos baisers mordus sanglants
Faisaient pleurer nos fées marraines

Mais en vérité je l'attends
Avec mon cœur avec mon âme
Et sur le pont des Reviens-t'en
Si jamais revient cette femme
Je lui dirai Je suis content

Mon cœur et ma tête se vident
Tout le ciel s'écoule par eux
O mes tonneaux des Danaïdes
Comment faire pour être heureux
Comme un petit enfant candide

Je ne veux jamais l'oublier
Ma colombe ma blanche rade
O marguerite exfoliée

Mon île au loin ma Désirade
Ma rose mon giroflier

Les satyres et les pyraustes
Les égypans les feux follets
Et les destins damnés ou faustes
La corde au cou comme à Calais
Sur ma douleur quel holocauste

Douleur qui doubles les destins
La licorne et le capricorne
Mon âme et mon corps incertain
Te fuient ô bûcher divin qu'ornent
Des astres des fleurs du matin

Malheur dieu pâle aux yeux d'ivoire
Tes prêtres fous t'ont-ils paré
Tes victimes en robe noire
Ont-elles vainement pleuré
Malheur dieu qu il ne faut pas croire

Et toi qui me suis en rampant
Dieu de mes dieux morts en automne
Tu mesures combien d'empans
J'ai droit que la terre me donne
Ô mon ombre ô mon vieux serpent

Au soleil parce que tu l'aimes
Je t'ai menée souviens-t'en bien
Ténébreuse épouse que j'aime
Tu es à moi en n'étant rien
Ô mon ombre en deuil de moi-même

L'hiver est mort tout enneigé
On a brûlé les ruches blanches
Dans les jardins et les vergers

Les oiseaux chantent sur les branches,
Le printemps clair l'avril léger

Mort d'immortels argyraspides
La neige aux boucliers d'argent
Fuit les dendrophores livides
Du printemps cher aux pauvres gens
Qui resourient les yeux humides

Et moi j'ai le cœur aussi gros
Qu'un cul de dame damascène
Ô mon amour je t'aimais trop
Et maintenant j'ai trop de peine
Les sept épées hors du fourreau

Sept épées de mélancolie
Sans morfil ô claires douleurs
Sont dans mon cœur et la folie
Veut raisonner pour mon malheur
Comment voulez-vous que j'oublie

– LES SEPT ÉPÉES –

La première est toute d'argent
Et son nom tremblant c'est Pâline
Sa lame un ciel d'hiver neigeant
Son destin sanglant gibeline
Vulcain mourut en la forgeant

La seconde nommée Noubosse
Est un bel arc-en-ciel joyeux
Les dieux s'en servent à leurs noces
Elle a tué trente Bé-Rieux
Et fut douée par Carabosse

La troisième bleu féminin
N'en est pas moins un chibriape
Appelé Lul de Faltenin
Et que porte sur une nappe
L'Hermès Ernest devenu nain

La quatrième Malourène
Est un fleuve vert et doré
C'est le soir quand les riveraines
Y baignent leurs corps adorés
Et des chants de rameurs s'y traînent

La cinquième Sainte-Fabeau
C'est la plus belle des quenouilles
C'est un cyprès sur un tombeau
Où les quatre vents s'agenouillent
Et chaque nuit c'est un flambeau

La sixième métal de gloire
C'est l'ami aux si douces mains
Dont chaque matin nous sépare
Adieu voilà votre chemin
Les coqs s'épuisaient en fanfares

Et la septième s'exténue
Une femme une rose morte
Merci que le dernier venu
Sur mon amour ferme la porte
Je ne vous ai jamais connue

– –

Voie lactée ô sœur lumineuse
Des blancs ruisseaux de Chanaan
Et des corps blancs des amoureuses

Nageurs morts suivrons-nous d'ahan
Ton cours vers d'autres nébuleuses

Les démons du hasard selon
Le chant du firmament nous mènent
À sons perdus leurs violons
Font danser notre race humaine
Sur la descente à reculons

Destins destins impénétrables
Rois secoués par la folie
Et ces grelottantes étoiles
De fausses femmes dans vos lits
Aux déserts que l'histoire accable

Luitpold le vieux prince régent
Tuteur de deux royautés folles
Sanglote-t-il en y songeant
Quand vacillent les lucioles
Mouches dorées de la Saint-Jean

Près d'un château sans châtelaine
La barque aux barcarols chantants
Sur un lac blanc et sous l'haleine
Des vents qui tremblent au printemps
Voguait cygne mourant sirène

Un jour le roi dans l'eau d'argent
Se noya puis la bouche ouverte
Il s'en revint en surnageant
Sur la rive dormir inerte
Face tournée au ciel changeant

Juin ton soleil ardente lyre
Brûle mes doigts endoloris
Triste et mélodieux délire

J'erre à travers mon beau Paris
Sans avoir le cœur d'y mourir

Les dimanches s'y éternisent
Et les orgues de Barbarie
Y sanglotent dans les cours grises
Les fleurs aux balcons de Paris
Penchent comme la tour de Pise

Soirs de Paris ivres du gin
Flambant de l'électricité
Les tramways feux verts sur l'échine
Musiquent au long des portées
De rails leur folie de machines

Les cafés gonflés de fumée
Crient tout l'amour de leurs tziganes
De tous leurs siphons enrhumés
De leurs garçons vêtus d'un pagne
Vers toi toi que j'ai tant aimée

Moi qui sais des lais pour les reines
Les complaintes de mes années
Des hymnes d'esclave aux murènes
La romance du mal aimé
Et des chansons pour les sirènes

78. **Le Pont Mirabeau**

Sous le pont Mirabeau coule la Seine
Et nos amours
Faut-il qu'il m'en souvienne
La joie venait toujours après la peine

Vienne la nuit sonne l'heure
Les jours s'en vont je demeure

Les mains dans les mains restons face à face
Tandis que sous
Le pont de nos bras passe
Des éternels regards l'onde si lasse

Vienne la nuit sonne l'heure
Les jours s'en vont je demeure

L'amour s'en va comme cette eau courante
L'amour s'en va
Comme la vie est lente
Et comme l'Espérance est violente

Vienne la nuit sonne l'heure
Les jours s'en vont je demeure

Passent les jours et passent les semaines
Ni temps passé
Ni les amours reviennent
Sous le pont Mirabeau coule la Seine

Vienne la nuit sonne l'heure
Les jours s'en vont je demeure

79. **Les Colchiques**

Le pré est vénéneux mais joli en automne
Les vaches y paissant
Lentement s'empoisonnent
Le colchique couleur de cerne et de lilas
Y fleurit tes yeux sont comme cette fleur-là
Violâtres comme leur cerne et comme cet automne
Et ma vie pour tes yeux lentement s'empoisonne

Les enfants de l'école viennent avec fracas
Vêtus de hoquetons et jouant de l'harmonica
Ils cueillent les colchiques qui sont comme des mères
Filles de leurs filles et sont couleur de tes paupières
Qui battent comme les fleurs battent au vent dément

Le gardien du troupeau chante tout doucement
Tandis que lentes et meuglant les vaches abandonnent
Pour toujours ce grand pré mal fleuri par l'automne

80. **L'Émigrant de Landor Road**

Le chapeau à la main il entra du pied droit
Chez un tailleur très chic et fournisseur du roi.
Ce commerçant venait de couper quelques têtes
De mannequins vêtus comme il faut qu'on se vête

La foule en tous les sens s'en allait en mêlant
Des ombres sans amour qui se traînaient par terre
Et des mains vers le ciel plein de lacs de lumière
S'envolaient quelquefois comme des oiseaux blancs

Mon bateau partira demain pour l'Amérique
Et je ne reviendrai jamais
Avec l'argent gagné dans les prairies lyriques
Guider mon ombre aveugle en ces rues que j'aimais

Car revenir c'est bon pour un soldat des Indes
Les boursiers ont vendu tous mes crachats d'or fin,
Mais habillé de neuf je veux dormir enfin
Sous des arbres pleins d'oiseaux muets et de singes

Les mannequins pour lui s'étant déshabillés
Battirent leurs habits puis les lui essayèrent,
Le vêtement d'un lord mort sans avoir payé
Au rabais l'habilla comme un millionnaire

Au-dehors les années
Regardaient les vitrines

Les mannequins victimes
Et passaient enchaînées

Intercalées dans l'an c'étaient les journées veuves
Les vendredis sanglants et lents d'enterrements
De blancs et de tout noirs vaincus des cieux qui
pleuvent
Quand la femme du diable a battu son amant

Puis dans un port d'automne aux feuilles indécises
Quand les mains de la foule y feuillolaient aussi
Sur le pont du vaisseau il posa sa valise
Et s'assit

Les vents de l'Océan en soufflant leurs menaces
Laissaient dans ses cheveux de longs baisers mouillés
Des émigrants tendaient vers le port leurs mains lasses
Et d'autres en pleurant s'étaient agenouillés

Il regarda longtemps les rives qui moururent
Seuls des bateaux d'enfant tremblaient à l'horizon
Un tout petit bouquet flottant à l'aventure
Couvrit l'Océan d'une immense floraison

Il aurait voulu ce bouquet comme la gloire
Jouer dans d'autres mers parmi tous les dauphins
Et l'on tissait dans sa mémoire
Une tapisserie sans fin
Qui figurait son histoire

Mais pour noyer changées en poux
Ces tisseuses têtues qui sans cesse
interrogent
Il se maria comme un doge
Aux cris d'une sirène moderne sans
époux

Gonfle-toi vers la nuit Ô Mer Les yeux des squales
Jusqu'à l'aube ont guetté de loin avidement
Des cadavres de jours rongés par les étoiles
Parmi le bruit des flots et les derniers serments

81. **La Jolie Rousse**

Me voici devant tous un homme plein de sens
Connaissant la vie et de la mort ce qu'un vivant peut
connaître
Ayant éprouvé les douleurs et les joies de l'amour
Ayant su quelquefois imposer ses idées
Connaissant plusieurs langages
Ayant pas mal voyagé

Ayant vu la guerre dans l'Artillerie et l'Infanterie
Blessé à la tête trépané sous le chloroforme
Ayant perdu ses meilleurs amis dans l'effroyable lutte
Je sais d'ancien et de nouveau autant qu'un homme
seul pourrait des deux savoir
Et sans m'inquiéter aujourd'hui de cette guerre
Entre nous et pour nous mes amis
Je juge cette longue querelle de la tradition et de
l'invention,
De l'Ordre et de l'Aventure.

Vous dont la bouche est faite à l'image de celle de Dieu
Bouche qui est l'ordre même
Soyez indulgents quand vous nous comparez
À ceux qui furent la perfection de l'ordre
Nous qui quêtons partout l'aventure

Nous ne sommes pas vos ennemis
Nous voulons vous donner de vastes et d'étranges
domaines

Où le mystère en fleurs s'offre à qui veut le cueillir
Il y a là des feux nouveaux des couleurs jamais vues
Mille phantasmes impondérables
Auxquels il faut donner de la réalité
Nous voulons explorer la bonté contrée énorme où
tout se tait
Il y a aussi le temps qu'on peut chasser ou faire revenir
Pitié pour nous qui combattons toujours aux frontières
De l'illimité et de l'avenir
Pitié pour nos erreurs pitié pour nos péchés.

Voici que vient l'été la saison violente
Et ma jeunesse est morte ainsi que le printemps
Ô soleil c'est le temps de la Raison ardente
Et j'attends
Pour la suivre toujours la forme noble et douce
Qu'elle prend afin que je l'aime seulement
Elle vient et m'attire ainsi qu'un fer l'aimant
Elle a l'aspect charmant
D'une adorable rousse

Ses cheveux sont d'or, on dirait
Un bel éclair qui durerait
Ou ces flammes qui se pavanent
Dans les roses-thé qui se fanent

Mais riez riez de moi
Hommes de partout surtout gens d'ici
Car il y a tant de choses que je n'ose vous dire
Tant de choses que vous ne me laisseriez pas dire
Ayez pitié de moi

82. **Automne**

Dans le brouillard s'en vont un paysan khagneux
Et son bœuf lentement dans le brouillard d'automne
Qui cache les hameaux pauvres et vergogneux
Et s'en allant là-bas le paysan chantonne
Une chanson d'amour et d'infidélité
Qui parle d'une bague et d'un cœur que l'on brise
Oh ! l'automne l'automne a fait mourir l'été
Dans le brouillard s'en vont deux silhouettes grises

83. **Marie**

Vous y dansiez petite fille
Y danserez-vous mère-grand
C'est la maclotte qui sautille
Toute les cloches sonneront
Quand donc reviendrez-vous Marie

Les masques sont silencieux
Et la musique est si lointaine
Qu'elle semble venir des cieux
Oui je veux vous aimer mais vous aimer à peine
Et mon mal est délicieux

Les brebis s'en vont dans la neige
Flocons de laine et ceux d'argent
Des soldats passent et que n'ai-je
Un cœur à moi ce cœur changeant
Changeant et puis encor que sais-je

Sais-je où s'en iront tes cheveux
Crépus comme mer qui moutonne
Sais-je où s'en iront tes cheveux
Et tes mains feuilles de l'automne
Que jonchent aussi nos aveux

Je passais au bord de la Seine
Un livre ancien sous le bras
Le fleuve est pareil à ma peine
Il s'écoule et ne tarit pas
Quand donc finira la semaine

84. **La Tzigane**

La tzigane savait d'avance
Nos deux vies barrées par les nuits
Nous lui dîmes adieu et puis
De ce puits sortit l'Espérance

L'amour lourd comme un ours privé
Dansa debout quand nous voulûmes
Et l'oiseau bleu perdit ses plumes
Et les mendiants leurs *Ave*

On sait très bien que l'on se damne
Mais l'espoir d'aimer en chemin
Nous fait penser main dans la main
À ce qu'a prédit la tzigane

85. **J’ai cueilli ce brin de bruyère**

J’ai cueilli ce brin de bruyère
L’automne est morte souviens-t’en
Nous ne nous verrons plus sur terre
Odeur du temps brin de bruyère
Et souviens-toi que je t’attends

RAYMOND QUENEAU (NÉ EN 1903)

86. **Si tu t'imagines**

Si tu t'imagines
si tu t'imagines
fillette fillette
si tu t'imagines
xa va xa va xa
va durer toujours
la saison des za
la saison des za
saison des amours
ce que tu te goures
fillette fillette
ce que tu te goures

Si tu crois petite
si tu crois ah ah
que ton teint de rose
ta taille de guêpe
tes mignons biceps
tes ongles d'émail
ta cuisse de nymphe
et ton pied léger
si tu crois petite
xa va xa va xa
va durer toujours
ce que tu te goures
fillette fillette
ce que tu te goures

les beaux jours s'en vont
les beaux jours de fête
soleils et planètes
tournent tous en rond
mais toi ma petite
tu marches tout droit
vers sque tu vois pas
très sournois s'approchent
la ride véloce
la pesante graisse
le menton triplé
le muscle avachi
allons cueille cueille
les roses les roses
roses de la vie
et que leurs pétales
soient la mer étale
de tous les bonheurs
allons cueille cueille
si tu le fais pas
ce que tu te goures
fillette fillette
ce que tu te goures

87. **Musée des Beaux-Arts**

About suffering they were never wrong,
The Old Masters ; how well they understood
Its human position ; how it takes place
While someone else is eating or opening a window
or just walking dully along ;
How, when the aged are reverently, passionately
waiting
For the miraculous birth, there always must be
Children who did not specially want it to happen,
skating
On a pond at the edge of the wood :

They never forgot
That even the dreadful martyrdom must run its course
Anyhow in a corner, some untidy spot
Where the dogs go on with their doggy life and the
torturer's horse
Scratches its innocent behind on a tree.

In Breughel's *Icarus*, for instance : how everything
turns away
Quite leisurely from the disaster ; the ploughman may
Have heard the splash, the forsaken cry,
But for him it was not an important failure ; the sun
shone
As it had to on the white legs disappearing into the
green

Water; and the expensive delicate ship that must
have seen
Something amazing, a boy falling out of the sky,
had somewhere to get to and sailed calmly on.

CHRISTIAN PLANQUE (NÉ EN 1953)

88. La Chanson de l'échanson muet

Parmi les chansons, les rengaines du monde
Il y en a une, l'entendez-vous jamais ?
Que le vent fredonne et promène à la ronde
Autour de la Lune qui la chantonne après.

Aussi bien la Brume en de tristes saisons
L'effiloche en nombre de lambeaux indistincts
Ses mots sont l'écume d'un air de déraison
Sur des rimes d'ombre vont des pieds incertains.

Parmi les chansons, les rengaines du monde
Il y en a une, l'entendez-vous jamais ?
Qu'un bel échanson déverse en notes rondes
Ivresse de Lune blonde couleur des blés.

Ici une eau sourd à l'infini murmure
« Je suis la chanson de l'échanson muet »
Nous resterons sourds à la source si pure,
Du chant ne saurons peut-être rien jamais.

L'échanson est né muet comme un poisson
Sa chanson à boire tant de silence effraie !
Autour des gibets la complainte bourdonne
De vieilles histoires aux pendus desséchés.

Avons-nous le tort d'être vivants notoires
Au lieu qu'assommés nous entendrions mieux ?

Faut-il être mort qu'une chanson vous narre
La vie, ses secrets, vous ouvre alors les yeux ?

Parmi les chansons, les rengaines du monde,
Il y en a une, l'entendrez-vous jamais
Que le Vent, la Lune, fredonnent à la ronde
L'absconse chanson de l'échanson muet.

CORRESPONDANCE EN FRANÇAIS DES POÈMES ANGLAIS ET ALLEMANDS

7. Jules César, Acte III, sc. 2

Amis, Romains, concitoyens, prêtez-moi vos oreilles !
Je viens ensevelir César, non le glorifier
Le mal que fait un homme vit après lui ;
souvent, ses bonnes actions vont dans la Terre avec ses os :
qu'il en soit ainsi de César.
[...]
Si vous avez des larmes, préparez-vous à les verser.
Vous connaissez tous ce manteau ; je me rappelle
La première fois que César le mit ;
C'était dans sa tente, en été,
Le soir du jour où il vainquit les Nerviens.
Regardez, à cette place, le poignard de Cassius a percé
Voyez quelle déchirure fit l'envieux Casca.
Par ce trou, Brutus le bien-aimé a frappé ;
Et, quand il retira l'acier maudit,
Voyez, le sang de César a suivi,
Comme s'il se précipitait pour demander
« Est-ce vraiment Brutus qui frappe ? »
Car Brutus, vous le savez, était l'ange de César
Jugez, ô dieux, combien César l'aimait !
Cette blessure fut, de toutes, la plus monstrueuse.
Quand le noble César vit qu'il frappait,
L'ingratitude plus encore que le bras du traître, le vainquit.
Alors son cœur puissant se brisa
Et, couvrant de son manteau son visage,
Au pied de la statue de Pompée

Où le sang ne cessait de couler, le grand César tomba.
Oh ! quelle chute ce fut mes concitoyens !
Moi, vous, nous tous, tombâmes alors
Et la trahison sanglante se dressa sur nous.
[…]

Je ne viens pas, amis, pour dérober vos cœurs : je ne suis pas un orateur, comme Brutus ; mais, vous me connaissez tous, un homme simple et rude, qui aime son ami. Et ils le savent bien, ceux qui ont permis devant tous que je parle de lui ! Je n'ai ni l'esprit, ni les mots, ni le poids, ni l'action, ni l'élocution, ni la puissance de la parole, capables de remuer le sang des hommes. Je parle tout droit ; je dis ce que chacun de vous sait ; je vous montre les blessures du doux César, – pauvres, pauvres bouches muettes – et je les prie de parler pour moi. Mais, si j'étais Brutus, et que Brutus fut Antoine, Antoine soufflerait l'orage dans vos esprits, et mettrait, dans chacune des blessures de César, une langue, qui ferait se lever et s'insurger chaque pavé de Rome !

8. **Hamlet, Acte III, sc. 1**

Dormir… rêver peut-être. C'est là le hic ! Car, échappés de liens charnels, si, dans ce sommeil du trépas, il nous vient des songes… halte-là ! Cette considération prolonge la calamité de la vie. Car, sinon, qui supporterait du sort les soufflets et les avanies, les torts de l'oppresseur, les outrages de l'orgueilleux, les affres de l'amour dédaigné, les remises de la justice, l'insolence des gens officiels, les rebuffades que les méritants rencontrent auprès des indignes, alors qu'un petit coup de pointe viendrait à bout de tout cela ? Qui donc assumerait ces charges, accepterait de geindre et de suer sous les faix écrasant de la vie, s'il n'y avait cette crainte de quelque chose après la mort, mystérieuse contrée d'où nul voyageur ne revient ? Voici l'énigme qui nous engage à supporter les maux présents, plutôt que de nous en échapper vers ces autres dont nous ne connaissons rien. Et c'est ainsi que la conscience fait de chacun de nous un couard ; c'est ainsi que la verdeur première de nos résolutions s'étiole à l'ombre pâle de la pensée ; c'est ainsi que nos entreprises de grand essor et conséquence tournent leur courant de travers et se déroutent de l'action.

9. **Macbeth, Acte V, sc. 5**

Demain, puis demain, puis demain, rampe à petits pas, de jour en jour, jusqu'à la dernière syllabe du souvenir ; et tous nos hiers ont éclairé pour des fous le chemin vers la poussière de la mort. Éteins-toi, éteins-toi, court flambeau ! La vie n'est qu'une ombre qui passe, un pauvre histrion qui se pavane et s'échauffe une heure sur la scène et puis qu'on n'entend plus… une histoire contée par un idiot, pleine de fureur et de bruit et qui ne veut rien dire.

10. **Sonnet n° 27**

De fatigue accablé, vers mon lit je m'élance,
Repos cher à mon corps que la route a lassé,
Mais dans ma tête alors un voyage commence,
Où peine mon esprit quand mon corps a cessé ;
Voici que mes pensers, des lointains que je hante,
En zélés pèlerins s'acheminent vers toi,
Grand'ouvertes tenant mes paupières pesantes,
À scruter cette nuit que seul l'aveugle voit,
Sauf que de mon esprit la vue imaginaire
Vient présenter ton ombre à mes yeux sans regard
Et lors, comme un joyau dans la nuit qu'elle éclaire,
Elle rend jeune et beau son visage hagard ;
  Et mes membres le jour, et la nuit mon esprit
  De mon fait ou du tien ne trouvent de répit.

11. **Sonnet n° 29**

Lorsqu'en disgrâce aux yeux du Sort et des humains
Je me prends à pleurer mon exil, solitaire,
Harcelant le ciel sourd de gémissements vains,
Maudissant mon destin quand je me considère ;
Lorsque je voudrais être un plus riche d'espoir,
Enviant ses amis autant que sa prestance,
Désirant l'art de l'un, de l'autre le pouvoir,
De mes plus grands plaisirs tirant moindre plaisance,
Pourtant, en ces pensers presque me méprisant,
Je songe à toi soudain, et de pareille sorte
Qu'alouette au matin du sol gris s'élançant,
Je vais chanter un hymne à la céleste porte :
  Ton amour rappelé m'apporte tel trésor
  Que pour celui des rois ne veux changer mon sort.

12. **Sonnet nº 65**

S’il n’est bronze ni pierre, ou terre ou mer immense
Dont le triste pouvoir de la Mort n’est vainqueur,
Contre cette fureur que sera la défense
De beauté, dont la force est celle d’une fleur ?
Le doux souffle d’été, comment tiendrait-il tête
À l’assaut ruineux des jours au dur bélier
Quand par les coups du Temps voient leur force défaite
Et l’imprenable roc et la porte d’acier ?
Ô terrible pensée ! À son coffre soustraite,
Sa plus belle parure où, las, au Temps cacher ?
N’est-il de forte main qui son pied vif arrête ?
Qui le peut prévenir de dépouiller beauté ?
Personne, hélas, à moins que ce miracle agisse :
Qu’en l’encre noire encor mon amour resplendisse !

13. **Sonnet n° 71**

Lorsque je serai mort, ne pleure plus longtemps
Que ne résonnera la cloche monotone
Qui, à ce monde vil, annonce sourdement
Que pour les vers plus vils son séjour j'abandonne.
Ne te rappelle point, si ces mots tu relis,
La main qui les traça, car mon amour est telle
Qu'en tes tendres pensers je préfère l'oubli
Si mémoire de moi te doit être cruelle ;
Si donc, dis-je, tu viens à revoir ce blason
Quand je me confondrai à l'argile, peut-être,
Évite d'évoquer même mon pauvre nom,
Mais laisse avec ma chair ton amour disparaître,
  Car le monde pourrait à raison se moquer,
  Quand je ne serai plus, de te voir me pleurer.

14. **Sonnet n° 116**

À la sainte union de deux fidèles âmes
Je n'admets point d'obstacle : amour n'est pas amour
S'il varie en voyant varier l'autre flamme,
Non plus que, délaissé, s'il délaisse à son tour.
Oh non ! c'est une marque à jamais établie ;
Témoin de la tempête, il n'est point ébranlé ;
C'est l'astre où toute barque errante se rallie :
On en prend la hauteur, ignorant son effet.
Il n'est le fol du Temps, si joue et lèvres rouges
Dans l'aire de sa faux un jour doivent tomber ;
Heures brèves et mois en leur cours ne le bougent :
Jusqu'au bord du trépas il demeure inchangé.
  Si l'on me peut prouver que je me suis trompé,
  Je n'ai jamais écrit, nul n'a jamais aimé.

ANDREW MARVELL (NÉ EN 1620)

15. À sa pudique maîtresse

Si le Monde était nôtre, et le Temps,
Ta pudeur me verrait indulgent.
Longtemps nous choisirions où aller
Pour passer notre aimante journée.
Tu trouverais près du Gange indien
Des rubis ; j'irais près de l'Humber, plein
De désolation. Tout mon amour
Du Déluge précéderait le jour,
Mais tu lui pourrais souffler : « Nenni !
Que d'abord les Juifs soient convertis. »
Mon amour floral irait croissant,
Plus vaste qu'un empire, et plus lent.
Je prendrais cent ans pour louer tes yeux
Et contempler ton front audacieux,
Deux cents pour adorer chaque sein ;
Pour le reste trente mille au moins.
Et puis pour chaque partie, un âge :
En fin poindrait de ton Cœur l'image :
Oui, cet état vous revient de droit
Et je ne saurais aimer plus bas.

Mais voici que dans mon dos j'entends
Accourant le char ailé du Temps ;
Voilà que devant nous sont couchés
D'immenses déserts d'éternité.
Ta beauté plus ne se trouvera
En ton marbre froid plus ne viendra
L'écho de mon chant ; les vers prendront

Seuls ta virginité de bon ton.
Ton honneur chagrin sera poussière,
Et cendre aussi mon ardeur altière.
La tombe est un merveilleux boudoir,
Mais s'y étreint-on ? Je n'y puis croire.

Donc si la rosée de la jeunesse
Prodigue à ta peau tant de caresses,
Si ton âme dit oui, s'il en sort
Un feu impérieux à chaque pore,
Alors amusons-nous, il est temps.
Aimons-nous, soyons tels les milans,
Dévorons notre temps sans attendre
Qu'il veuille nous broyer ou nous fendre.
Façonnons en une unique sphère
Nos force et douceur toutes entières :
Notre plaisir par âpre combat
Force les herses de notre état.
Notre soleil ne peut se fixer ?
Faisons-le donc dès lors galoper !

17. **Un autre, pareil**

Sur toutes les cimes,
Plus rien ne bouge,
Aux sommets des arbres,
Tu perçois à peine
Un souffle d'air.
Dans la forêt les oiseaux se sont tus.
Attends, bientôt,
Tu reposeras à ton tour.

Friedrich Hölderlin (né en 1770)

18. **Le Chant du destin d'Hypérion**

Vous avancez là-haut dans la lumière
Sur un sol tendre, bienheureux génies
Les souffles scintillants des dieux
Vous effleurent à peine,
Ainsi les doigts musiciens
Les cordes saintes.

Les habitants du Ciel vivent purs de Destin
Comme le nourrisson qui dort ;
Garde avec pudeur
En modeste bouton,
L'esprit éternellement
Fleurit en eux.
Et les yeux bienheureux
Considèrent la calme
Éternelle clarté.

Mais à nous il échoit
De ne pouvoir reposer nulle part.
Les hommes de douleur
Chancellent, tombent
Aveuglément d'une heure
À une autre heure,
Comme l'eau de rocher
En rocher rejetée
Par les années dans le
gouffre incertain.

19. **Au matin**

Le gazon luit de rosée ; déjà plus agile
la source éveillée s'enfuit ; le bouleau penche
sa tête mouvante, et la ramée
est pleine de bruits et de lueurs ; les grises nuées,
là-haut,

s'auréolent de flammes roses
qui annoncent le jour et s'élèvent sans bruit ;
comme les flots battent la rive,
elles montent peu à peu, toujours plus haut, toujours
changeantes.

Viens, jour doré, oh ! viens sans trop te hâter, je t'en
prie,
d'arriver au zénith !
Car mon regard s'envole plus franc, plus confiant
vers toi, soleil de joie,

tant que tu brilles de ton jeune éclat
ni trop éblouissant encore, ni trop orgueilleux.
Je te laisserais bien presser ta course,
ô divin voyageur, si je pouvais te suivre – mais tu
souris

du plaisant audacieux qui voudrait t'égaler.
Bénis plutôt mes œuvres mortelles
et reviens comme de coutume, dieu bienveillant !
égayer mon sentier paisible.

20. **Le Cours de la vie**

Toi aussi, tu rêvais de grandes choses ; mais l'amour
nous fait tous passer sous sa loi ; la douleur nous
courbe plus bas encore.
Pourtant ce n'est pas en vain que l'orbe de notre vie
revient à son point de départ.

Monter, descendre, peu importe ! Dans la nuit sacrée
où la Nature muette rêve aux jours qui viendront,
et jusqu'au plus tortueux des enfers
n'y a-t-il pas une loi droite, une justice qui règne ?

C'est là ce que j'ai éprouvé. Car jamais, dieux
immortels,
mainteneurs de la vie, jamais, à ce qu'il me semble,
vous ne m'avez conduit, comme le font les maîtres
mortels,
par des sentiers faciles.

Que l'homme éprouve toute chose, disent les
Immortels,
et que, nourri d'une forte sève, il apprenne à rendre
grâces
pour toutes choses, et sache qu'il est libre
d'aller au but qu'il s'est choisi.

21. **Enfance**

Lorsque j'étais enfant,
Un Dieu souvent m'a sauvé
Des cris et de la cravache des hommes,
Je jouais, alors, sûr et bon
Avec les fleurs du bois,
Et les brises du ciel
Jouaient avec moi.

Et, de même que tu mets
Le cœur des plantes en joie,
Quand elles tendent vers toi
Leurs bras délicats,

Tu as mis mon cœur en joie,
Ô mon père Hélios !
Et j'étais comme Endymion, ton préféré,
Ô Lune sacrée.

Ô vous tous, dieux
Amicaux et fidèles !
Si vous pouviez savoir
Comme mon âme vous a aimés !

Certes je ne vous appelais pas
En ce temps-là par des noms, et vous non plus
Vous ne me nommiez pas, comme les hommes se
nomment,
Comme s'ils se connaissaient.

Mais je vous connaissais mieux pourtant
Que j'aie jamais connu les hommes,
Je comprenais le silence de l'éther :
Je n'ai jamais compris la parole des hommes.

J'étais l'élève des sons harmonieux
Des arbres frissonnants du bois,
Et j'apprenais à aimer
Parmi les fleurs.

C'est dans le bras des dieux que j'ai grandi.

22. **La Moitié de la vie**

Lourde de poires jaunes,
Et pleine de roses sauvages
La terre est penchée sur le lac,
Et vous, cygnes charmants,
Enivrés de baisers,
Vous trempez votre tête
Dans l'eau sobre et sacrée.

Où, malheureux, irai-je prendre,
Quand vient l'hiver, les fleurs, où
L'or du soleil,
Et l'ombre de la terre ?
Les murs sont là
Muets et froids, dans le vent
Les bannières tintent.

SAMUEL TAYLOR COLERIDGE (NÉ EN 1772)

23. **Koubla Khân**

En Xanadou Koubla Khân fit ériger un palais majestueux, à l'endroit où l'Alphe, la rivière sacrée, par des cavernes dont la mesure est inconnue à l'homme, s'acheminait vers une mer sans soleil. Ainsi deux fois cinq milles de terre fertile furent encerclés de murs et de tours : de sinueux ruisseaux y paraient les jardins, où fleurissait maint arbre porteur d'encens ; et des forêts anciennes comme les montagnes y cachaient en leur sein des clairières ensoleillées.
Mais quel ravin profond et mystique, à travers une forêt de cèdres, s'enfonçait oblique dans la verte montagne ! Sauvage endroit ! nul plus sacré, nul plus magique, jamais ne fut hanté, sous la lune émaciée, par femme dont les gémissements invoquent le démon qui l'aime ! Au fond de ce ravin, bouillonnant toujours dans le tonnerre, – on eût dit que cette terre respirait, en halètements rapides et rauques, – une source puissante surgissait en poussées soudaines, et dans sa montée brusque, à demi-intermittente, bondissaient des fragments énormes : telle rejaillit la grêle, ou sous le fléau du batteur, le grain parmi la balle ; et parmi cette danse des rocs, en même temps et sans cesse, le ravin, d'instant en instant, projetait la rivière sacrée. En cinq milles de méandres aux remous de vertige, par forêts et par vaux coulait la rivière sacrée, puis elle atteignait les cavernes dont la mesure est inconnue à l'homme, et s'engouffrait en grondant vers un océan sans vie ; et Koubla dans ce grondement entendait, lointaines, des voix ancestrales prophétisant la guerre !

L'ombre du palais des plaisirs flottait jusqu'au milieu des vagues, à l'endroit où s'entendaient mêlés le rythme de la source et celui des cavernes. C'était un miracle d'invention étrange, qu'un dôme lumineux près de cavernes de glace !
En une vision m'apparut un jour une jeune fille tenant un tympanon, une vierge d'Abyssinie ; et de sa lyre elle s'accompagnait en chantant le mont Abora. Si je pouvais ranimer en mon âme sa symphonie et son chant, ils me raviraient en une joie si profonde, que d'une musique éclatante et longue je bâtirais ce dôme dans l'air, ce dôme lumineux, ces cavernes de glace ! Et tous, en m'entendant, les verraient, et tous pousseraient un cri : Prenez garde ! prenez garde ! L'éclair de ses yeux ! sa chevelure flottante ! Enlacez-le tout à l'entour d'un triple cercle, et voilez vos yeux d'une terreur sainte, car il a mangé la manne céleste, et bu le lait du Paradis.

24. **Nuit de lune**

C'était, comme si le ciel
avait embrassé la terre,
comme si dans la clarté des fleurs,
elle ne pouvait rêver que de lui.

L'air s'étendait sur les champs,
les blés ondoyaient gracieusement,
les forêts bruissaient doucement,
la nuit était claire d'étoiles.

Et mon âme étendait
largement ses ailes,
volait au-dessus des campagnes calmes,
comme si elle revenait chez elle.

John Keats (né en 1795)

25. **Ode à un rossignol**

Mon cœur souffre, une torpeur accablante s'empare
De mes sens comme si j'avais bu de la ciguë,
Ou vidé une coupe de puissant narcotique
À l'instant même et m'étais plongé dans le Léthé :
Ce n'est pas par envie de ton heureux destin,
Mais parce que je suis enivré de ton bonheur, –
Toi, qui, Dryade ailée des arbres,
Dans quelque mélodieux entrelacs
De hêtres verts et d'ombrages infinis
Chantes l'été à plein gosier, à ton aise.

Oh ! qui me donnera une gorgée d'un vin
Longtemps refroidi dans la terre profonde,
D'un vin qui sente Flora et la campagne verte,
La danse, les chansons provençales et la joie
ensoleillée !
Oh ! qui me donnera une coupe pleine du chaud Midi,
Pleine de la véritable, de la rougissante Hippocrène,
Avec, sur le bord, des bulles d'écume entraînante,

Que, la bouche teinte de pourpre,
Je puisse m'abreuver et, quittant le monde sans être vu,
M'égarer avec toi dans l'obscurité de la forêt :

Disparaître dans l'espace, me dissoudre, oublier
Ce qu'au sein du feuillage tu n'as jamais connu,
Le dégoût, la fièvre et l'agitation,

Parmi les hommes qui s'écoutent gémir les uns les
autres ;
Où le tremblement secoue les vieux aux rares
cheveux gris,
Où la jeunesse devient blême, puis spectrale, et meurt ;
Où rien que de penser remplit de tristesse
Et sur les paupières pèse d'un poids de plomb,
Où la Beauté ne peut conserver un jour ses yeux
lumineux,
Sans qu'un nouvel Amour le lendemain en ternisse
l'éclat !

Loin, m'égarer loin ! car je veux voler vers toi,
Non pas traîné par les léopards de Bacchus,
Mais sur les ailes invisibles de la Poésie,
Malgré les obstacles et les retards de la sotte pensée :
Déjà je me sens avec toi ! tendre est la nuit,
Et peut-être la Lune Reine est-elle sur son trône,
Au milieu de son essaim d'étoiles Fées ;
Mais ici, il n'y a nulle clarté,
Sauf celle que le ciel souffle avec les brises
Sur les sombres feuillages et la mousse des sentiers
sinueux.

Je ne peux même pas discerner les fleurs à mes pieds,
Ni quelles essences d'arbres dégagent d'aussi suaves
senteurs,
Mais, dans la pénombre embaumée, je devine
chacune des odeurs
Dont ce mois de la saison parfume
Le gazon, le hallier, le fruit de l'arbre sauvage ;
La blanche aubépine et l'églantine des champs ;
La violette qui se fane si vite recouverte par les
feuilles ;
Et la fille aînée de la mi-Mai,

La rose musquée en bouton, trempée de rosée vineuse,
Où bourdonnent les mouches par les soirs d'été.

Plongé dans l'obscurité, j'écoute et plus d'une fois
J'ai été presque amoureux de la mort apaisante,
Je lui ai donné de doux noms en plus d'un vers pensif,
Pour qu'elle enlevât dans l'air mon souffle calme ;
Maintenant plus que jamais il semble délicieux de
mourir,
De finir à minuit sans souffrance
Pendant qu'au-dehors tu répands ton âme
Dans une telle extase !
Tu chanterais encore ; moi, j'aurais des oreilles qui
n'entendraient pas –
Ton sublime Requiem résonnerait sur un tertre de
gazon.

Mais toi, tu n'es pas né pour la mort, immortel Oiseau !
Il n'y a pas de générations affamées pour te fouler
aux pieds ;
La voix que j'entends cette nuit fut entendue
Dans les anciens jours par empereurs et manants :
Peut-être cette même chanson fit tressaillir
Le triste cœur de Ruth, lorsque regrettant sa patrie,
Elle se tenait en larmes parmi les blés de l'étranger ;
Peut-être est-ce toi-même qui souvent as
Charmé de magiques fenêtres, s'ouvrant sur l'écume
Des mers périlleuses, en de féeriques terres délaissées.

Délaissé ! Ce mot même semble une cloche
Qui sonne la séparation et me rend à la solitude !
Adieu ! l'imagination ne parvient pas à me leurrer
autant
Que sa réputation le proclame, décevant elfe.
Adieu ! Adieu ! ton antienne plaintive va
s'affaiblissant,

Il franchit la prairie voisine, le silencieux ruisseau,
Le sommet de la colline, puis s'anéantit dans les profondeurs
De la vallée prochaine.
Était-ce une vision, était-ce un rêve ?
La musique s'est envolée : – Suis-je éveillé, suis-je endormi ?

26. **Ode sur une urne grecque**

Ô toi ! épouse encore inviolée de la quiétude,
Ô toi ! nourisson du silence et de lentes heures,
Rhapsode sylvestre, qui peut chanter
Un conte fleuri plus harmonieux que nos vers :
Quelle légende enveloppe tes contours d'une frange feuillagée ?
Est-elle de divinités ou de mortels, ou des deux,
Dans la vallée de Tempé ou les gorges d'Arcadie ?
Quels dieux ou quels hommes sont là ? Quelles vierges résistent ?
Quelle folle poursuite ? Quelle lutte pour échapper ?
Quelles flûtes sont là ? Quels tambourins ? Quelle sauvage extase ?

Les mélodies entendues sont douces, mais celles qu'on n'entend pas
Sont plus douces encore ; donc, suaves pipeaux, continuez de jouer :
Non pour l'oreille sensuelle, mais des ballades plus chéries,
Des ballades pour l'esprit, sans sonorités !
Bel éphèbe, sous ces arbres, tu ne peux quitter
Ta chanson, pas plus que les arbres ne quittent leurs feuilles ;
Audacieux amoureux, jamais, jamais tu n'obtiens les baisers,
Quoique tu sois proche du but, – cependant, ne te chagrine pas ;

Elle ne peut se flétrir, quoique tu n'atteignes pas
ton bonheur,
À jamais tu aimeras, et elle sera belle !
Ah ! heureux, heureux rameaux ! qui ne pouvez perdre
Vos feuillages, ni jamais dire au printemps adieu ;
Et toi, heureux mélodiste, jamais lassé,
Modulant à jamais des chants qui ne vieillissent
jamais ;
Plus heureux amour, plus heureux, heureux amour !
Que l'on peut goûter sans cesse, à jamais ardent,
À jamais haletant, à jamais jeune ;
Bien au-dessus de toute passion qui respire,
Qui laisse le cœur repu et plein d'amertume,
Le front brûlant et la langue desséchée.

Quels sont ces gens allant au sacrifice ?
Vers quel autel verdoyant, ô prêtre mystérieux
Conduis-tu cette génisse qui mugit aux cieux,
Ses flancs soyeux tout parés de guirlandes ?
Quelle petite ville sur une rivière ou sur le bord de
la mer
Ou bâtie sur une montagne avec une paisible citadelle,
Est vide de cette foule en cette pieuse matinée ?
Et toi, petite ville, tes rues à jamais
Demeureront silencieuses ; et pas une âme, pour dire
Pourquoi tu es déserte, ne peut revenir jamais.

Ô chef-d'œuvre attique ! contours si purs
qu'étroitement
Enserrent une race d'hommes et de vierges de marbre,
Des branches des forêts et des herbes foulées ;
Forme silencieuse, ton énigme excède notre pensée
Comme fait l'éternité : Froide Pastorale !
Quand la vieillesse consumera cette génération,
Tu resteras, au milieu d'autres douleurs
Que les nôtres, une amie de l'homme, à qui du dis :

« Beauté, c'est Vérité, Vérité, c'est Beauté » –,
voilà tout
Ce que vous savez sur terre, tout ce qu'il vous faut
savoir.

27. **À l’automne**

Saison de brumes et de moelleuse profusion,
Tendre amie du soleil qui porte la maturité,
Avec lui conspirant à bénir d’une charge de fruits
Les treilles qui vont courant le long des toits de
chaume ;
À courber sous les pommes les arbres moussus des
fermettes
Et à gorger de suc tous les fruits jusqu’au cœur
À boursoufler la courge et grossir les coques des
noisettes
D’un succulent noyau ; à faire éclore plus
Et toujours plus encore de fleurs tardives en pâture
aux abeilles,
Au point qu’elles croient que les chaudes journées
jamais ne cesseront,
Tant l’été à pleins bords a rempli leurs visqueux
rayons.

Qui ne t’a vue souvent parmi tes trésors ?
Parfois qui va te chercher loin, il se peut qu’il te trouve
Assise nonchalante sur une aire de grange.
Les cheveux doucement soulevés par le vent du
vannage ;
Ou gagnée d’un sommeil profond sur un sillon à
demi moissonne,
Somnolente aux vapeurs des pavots, tandis que ta
faucille

Épargne le prochain andain et tout son entrelacs de
fleurs
Et parfois telle une glaneuse, tu gardes bien droite
Ta tête sous sa charge en passant un ruisseau
Ou bien, près d'un pressoir à cidre, d'un regard patient
Tu surveilles les dernières coulées des heures et des
heures durant.
Où sont les chansons du Printemps ? Oui, où sont-
elles ?
N'y pense plus, tu as toi aussi ta musique,
Tandis que les stries des nuages fleurissent le jour
qui doucement se meurt
Et teintent les plaines d'éteules d'une touche rosée ;
Alors, en un chœur plaintif, les petits moucherons
se lamentent
Parmi les saules de la rivière, et montent
Ou retombent selon que le vent vit ou meurt ;
Et les agneaux déjà grands bêlent haut depuis les
confins des collines ;
Les grillons des haies chantent ; et voici qu'en doux
trilles
Le rouge-gorge siffle dans un jardin clos,
Et que les hirondelles qui s'assemblent gazouillent
dans les cieux.

28. **La Belle Dame sans merci**

Ah ! qui peut te faire souffrir, chevalier en armes
Errant pâle et solitaire !
Les joncs sont desséchés au bord du lac,
Aucun oiseau n'y chante.

Ah ! qui peut te faire souffrir, chevalier en armes
Si farouche et si malheureux ?
Le grenier de l'écureuil est rempli,
Et la moisson est rentrée.

Je vois un lis sur ton front
Avec la moiteur de l'agonie et la rosée de la fièvre ;
Et sur la joue une rose qui se flétrit
Et se fane de même, rapidement –

J'ai rencontré une dame, dans les prés,
D'une grande beauté – la fille d'une fée ; –
Ses cheveux étaient longs, ses pieds légers
Et ses yeux sauvages.

Je tressai une guirlande pour sa tête,
Puis des bracelets et une ceinture qui embaumait ;
Elle me regardait comme si elle m'aimait
Et poussa un doux gémissement.

Je l'assis sur mon coursier paisible
Et ne vis rien d'autre tout le long du jour ;

Car elle se penchait de côté et chantait
Une chanson de fée.

Elle trouva pour moi des racines d'un goût exquis,
Du miel sauvage et la manne de la rosée ;
Et sûrement en langage étrange elle me dit :
Je t'aime véritablement.

Elle m'entraîna dans sa grotte d'elfe ;
Là, me contemplant, elle poussa un profond soupir :
Là, je fermai ses yeux sauvages et éperdus
De quatre baisers.

Et là, en me berçant, elle m'endormit
Et là, je rêvai, ah ! malheur véritable !
Le dernier rêve que j'aie jamais rêvé,
Sur le flanc de la froide colline.

Je vis des rois pâles et des princes aussi,
De pâles guerriers – tous avaient la pâleur de la mort,
Et criaient : « La Belle Dame sans merci
Te tient en servage ! »

Je vis leurs lèvres affamées, dans les ténèbres,
Grandes ouvertes pour me donner cet horrible
  avertissement ;
Et je m'éveillai et me retrouvai ici,
Sur le flanc de la froide colline.

Et voilà pourquoi je reste ici
Errant pâle et solitaire :
Bien que les joncs soient desséchés au bord du lac,
Et qu'aucun oiseau ne chante.

29. **Après m'être plongé pour la première fois dans l'*Homère* de Chapman**

J'ai beaucoup voyagé aux royaumes de l'or,
Ai vu bien des états et monarchies prospères,
Ai fait le tour de bien des îles d'Occident
Que des bardes pour fiefs ont reçues d'Apollon.

Souvent l'on m'a parlé d'une vaste contrée
Qu'Homère aux noirs sourcils possédait pour
  domaine :
Jamais pourtant je n'en avais humé la sérénité pure
Avant d'ouïr Chapman et sa voix de stentor.

Alors je me sentis comme un veilleur des cieux
Quand une planète nouvelle apparaît dans son
  champ de vision
Ou comme le vaillant Cortez quand, de son regard
  d'aigle,

Il scrutait le Pacifique – et que tous ses hommes
L'un l'autre s'épiaient, perdus en conjectures –
Silencieux, du haut d'un pic de Darien.

30. **Sonnet**

Quand je crains de cesser d'être
Avant que ma plume ait glané mon fertile cerveau,
Avant qu'une pile élevée de livres, dans leurs
  caractères imprimés,
Renferme, comme de pleins greniers, une moisson
  bien mûre ;
Quand j'étudie sur la face étoilée de la nuit,
Les vastes symboles nuageux d'un haut poème,
Et sens que je ne vivrai jamais pour retracer
Leurs ombres, avec la main magique de la chance ;
Et quand je sens, exquise créature d'une heure !
Que je ne te verrai jamais plus devant moi,
Que je ne savourerai plus l'enchanteur pouvoir
De l'inconscient amour ! alors sur la grève
  Du vaste monde, je me tiens seul, et je médite,
  Jusqu'à ce qu'Amour et Gloire plongent dans le
    néant.

31. **Dernier Sonnet**

Étincelante étoile, constant puissé-je à ton instar
Non pas naviguer seul dans la splendeur du haut de
 la nuit
À surveiller de mes paupières pour l'éternité désunies,
Comme de la nature l'ermite insomnieux et patient,

Les eaux mouvantes dans le rituel de leur tâche
D'ablution purifiante des rivages humains de la terre,
Ni contempler le satin du masque frais tombé
De la neige sur les montagnes et sur les landes –

Non, mais toujours constant, toujours inaltérable,
Avoir pour oreiller le sein juvénile de mon bel amour,
Afin de sentir à jamais la douceur berçante de sa houle,

Éveillé à jamais d'un trouble délicieux,
Toujours, toujours ouïr de sa respiration le rythme
 tendre,
Et vivre ainsi toujours – ou bien m'évanouir dans la
 mort.

32. **Tristan**

L'homme qui de ses yeux contempla la beauté
Il est déjà sous la tutelle de la mort,
Il n'est bon pour aucun service sur la terre,
La mort pourtant l'emplira de terreur,
L'homme qui de ses yeux contempla la beauté !

La douleur de l'amour sera pour lui sans fin,
Car seul un fou peut espérer sur terre
Voir satisfaite une telle pulsion :
L'homme qui fut touché par la flèche du beau
La douleur de l'amour pour lui sera sans fin !

Il aimerait tarir comme l'eau d'une source,
Avaler un poison au moindre souffle d'air
Et respirer la mort à tout parfum de fleur,
L'homme qui de ses yeux contempla la beauté,
Il aimerait tarir comme l'eau d'une source !

33. **Deux ghazals**

J'ai marché maintes fois au son du tambour et vécu
à la cour aussi
J'ai éprouvé ceci et cela et appris bien des tours
aussi
D'esprit inquiet j'ai parcouru le pays en long et en
large
Et puis j'ai voulu le silence, collé à des livres lourds
aussi,
À demi tiède est la ferveur qui toute emplit les
jeunes cœurs
Car la haine m'a souvent étreint et j'ai tremblé
d'amour aussi
Mais rien ne semblait me convenir que de louer
noblement
La beauté et de tresser couronnes à ses atours aussi
Ce que me réserve l'avenir, que nul oracle ne le
prédise
Car de telles angoisses pour l'avenir je suis guéri
pour toujours aussi.

*

Quand ma main sur la tienne se pose, tremblement,
Et lorsque tu touches à la mimose, tremblement,

Certes, oiseau d'été, la flamme te consume
Mais émue par ce qu'elle ose, tremblement !

Ces vers pour moi sont roses dans un jardin
Mais quand je te tends la rose, tremblement !

34. **Pindare**

Quand je mourrai, je voudrais, comme les étoiles
Lumineuses pâlir vite et sans en être conscient,
Je voudrais succomber un jour aux coups de la mort,
Comme de Pindare nous le rapportent les légendes.

Je ne cherche point dans la vie ou dans la poésie
À atteindre ce qui, grand, se tient hors d'atteinte,
Je voudrais, ô ami, ne lui ressembler que dans la mort ;
Mais écoute maintenant des histoires la plus belle !

Il était assis au théâtre tout ému par le chant,
Et fatigué qu'il était, il avait posé sa joue
Sur le beau genou de son amant :

Lorsque les mélodies du chœur vinrent à expirer,
Celui qui doucement l'avait protégé le voulut éveiller,
Mais il s'en était retourné chez les dieux.

Eduard Mörike (né en 1804)

38. **Mon âme, songes-y !**

Un sapin grandit quelque part,
Qui sait où, dans la forêt,
Un rosier qui nous dira,

Dans quel jardin ?
Ils sont élus déjà
Songes-y, ô mon âme
Pour faire sur ta tombe
Leurs racines et grandir.

Deux petits chevaux noirs
Paissent l'herbe du pré,
Ils rentrent à la ville
En bondissant gaiement.
Ils marcheront au pas
En tirant ton cercueil
Avant peut-être, peut-être
Qu'ils perdent à leurs sabots
Ces fers que soudain
J'y vois luire !

39. Stances à Hélène

Hélène, ta beauté est pour moi comme ces barques nicéennes d'autrefois qui, sur une mer parfumée, portaient doucement le défait et las voyageur à son rivage natal.

Par des mers désespérées longtemps coutumier d'errer, ta chevelure hyacinthe, ton classique visage, tes airs de Naïade m'ont ramené, ainsi que chez moi, à la gloire qui fut la Grèce, à la grandeur qui fut Rome.

Là, dans cette niche splendide d'une croisée, c'est bien comme une statue que je te vois apparaître, la lampe d'agate en la main, ah ! Psyché ! de ces régions issues qui sont terre sainte.

40. **Le Corbeau**

Une fois, sur le minuit lugubre, pendant que je méditais, faible et fatigué, sur maint précieux et curieux volume d'une doctrine oubliée, pendant que je donnais de la tête, presque assoupi, soudain il se fit un tapotement, comme de quelqu'un frappant doucement, frappant à la porte de ma chambre. « C'est quelque visiteur, – murmurai-je, – qui frappe à la porte de ma chambre ; ce n'est que cela et rien de plus. »

Ah ! distinctement je me souviens que c'était dans le glacial décembre, et chaque tison brodait à son tour le plancher du reflet de son agonie. Ardemment je désirais le matin ; en vain m'étais-je efforcé de tirer de mes livres un sursis à ma tristesse, ma tristesse pour ma Lénore perdue, pour la précieuse et rayonnante fille que les anges nomment Lénore, – et qu'ici on ne nommera jamais plus.

Et le soyeux, triste et vague bruissement des rideaux pourprés me pénétrait, me remplissait de terreurs fantastiques, inconnues pour moi jusqu'à ce jour ; si bien qu'enfin pour apaiser le battement de mon cœur, je me dressai, répétant : « C'est quelque visiteur attardé sollicitant l'entrée à la porte de ma chambre ; – c'est cela même, et rien de plus. »

Mon âme en ce moment se sentit plus forte. N'hésitant donc pas plus longtemps : « Monsieur, dis-je, ou madame, en vérité, j'implore votre pardon ; mais le fait est que je sommeillais et vous êtes venu frapper si doucement, si faiblement vous êtes venu frapper à la porte de ma chambre, qu'à peine étais-je certain de vous avoir entendu. » Et alors j'ouvris la porte toute grande ; – les ténèbres, et rien de plus.

Scrutant profondément ces ténèbres, je me tins longtemps plein d'étonnement, de crainte, de doute, rêvant des rêves qu'aucun mortel n'a jamais osé rêver ; mais le silence ne fut pas troublé, et l'immobilité ne donna aucun signe, et le seul mot proféré fut un nom chuchoté : « Lénore ! » – C'était moi qui le chuchotais, et un écho à son tour murmura ce mot : « Lénore ! » Purement cela, et rien de plus.

Rentrant dans ma chambre, et sentant en moi toute mon âme incendiée, j'entendis bientôt un coup un peu plus fort que le premier. « Sûrement, – dis-je, – sûrement, il y a quelque chose aux jalousies de ma fenêtre ; voyons donc ce que c'est, et explorons ce mystère. Laissons mon cœur se calmer un instant, et explorons ce mystère ; – c'est le vent, et rien de plus. »

Je poussai alors le volet, et, avec un tumultueux battement d'ailes, entra un majestueux corbeau digne des anciens jours. Il ne fit pas la moindre révérence, il ne s'arrêta pas, il n'hésita pas une minute ; mais avec la mine d'un lord ou d'une lady, il se percha au-dessus de la porte de ma chambre ; il se percha sur un buste de Pallas juste au-dessus de la porte de ma chambre ; – il se percha, s'installa, et rien de plus.

Alors, cet oiseau d'ébène, par la gravité de son maintien et la sévérité de sa physionomie, induisant ma triste imagination à sourire : « Bien que ta tête, – lui dis-je, – soit sans huppe et sans cimier, tu n'es certes pas un poltron, lugubre et ancien corbeau, voyageur parti des rivages de la nuit. Dis-moi quel est ton nom seigneurial aux rivages de la nuit plutonienne ! » Le corbeau dit : « Jamais plus ! »

Je fus émerveillé que ce disgracieux volatile entendît si facilement la parole, bien que sa réponse n'eût pas un bien grand sens et ne me fût pas d'un grand secours ; car nous devons convenir que jamais il ne fut donné à un homme vivant de voir un oiseau au-dessus de la porte de sa chambre, un oiseau ou une bête sur un buste sculpté au-dessus de la porte de sa chambre, se nommant d'un nom tel que – Jamais plus !

Mais le corbeau, perché solitairement sur le buste placide, ne proféra que ce mot unique, comme si dans ce mot unique il répandait toute son âme. Il ne prononça rien de plus ; il ne remua pas une plume, – jusqu'à ce que je me prisse à murmurer faiblement : « D'autres amis se sont déjà envolés loin de moi ; vers le matin, lui aussi, il me quittera comme mes anciennes espérances déjà envolées. » L'oiseau dit alors : « Jamais plus ! »

Tressaillant au bruit de cette réponse jetée avec tant d'à-propos : Sans doute, – dis-je, – ce qu'il prononce est tout son bagage de savoir, qu'il a pris chez quelque maître infortuné que le Malheur impitoyable a poursuivi ardemment, sans répit, jusqu'à ce que ses chansons n'eussent plus qu'un seul refrain, jusqu'à ce que le *De profundis* de son Espérance eût pris ce mélancolique refrain : « Jamais – jamais plus ! »

Mais le corbeau induisant encore toute ma triste âme à sourire, je roulai tout de suite un siège à coussins en face de l'oiseau et du buste et de la porte ; alors, m'enfonçant dans le velours, je m'appliquai à enchaîner les idées aux idées, cherchant ce que cet augural oiseau des anciens jours, ce que ce triste, disgracieux, sinistre, maigre et augural oiseau des anciens jours voulait faire entendre en croassant son – *Jamais plus !*

Je me tenais ainsi, rêvant, conjecturant, mais n'adressant plus une syllabe à l'oiseau, dont les yeux ardents me brûlaient maintenant jusqu'au fond du cœur : je cherchai à deviner cela, et plus encore, ma tête reposant à l'aise sur le velours du coussin que caressait la lumière de la lampe, ce velours violet caressé par la lumière de la lampe que sa tête, à *Elle*, ne pressera plus, – ah ! jamais plus !

Alors, il me sembla que l'air s'épaississait, parfumé par un encensoir invisible que balançaient les séraphins dont les pas frôlaient le tapis de ma chambre. « Infortuné ! – m'écriai-je, – ton Dieu t'a donné par ses anges, il t'a envoyé du répit, du répit et du népenthès dans tes ressouvenirs de Lénore ! Bois, oh ! bois ce bon népenthès, et oublie cette Lénore perdue ! » Le corbeau dit : « Jamais plus ! »

« Prophète ! – dis-je, – être de malheur ! oiseau ou démon ! mais toujours prophète ! que tu sois un envoyé du Tentateur, ou que la tempête t'ait simplement échoué, naufragé, mais encore intrépide, sur cette terre déserte, ensorcelée, dans ce logis par l'Horreur hanté, – dis-moi sincèrement, je t'en supplie, existe-t-il, existe-t-il ici un baume de Judée ? Dis, dis, je t'en supplie ! » Le corbeau dit : « Jamais plus ! »

« Prophète ! – dis-je, – être de malheur ! oiseau ou démon ! toujours prophète ! par ce ciel tendu sur nos têtes, par ce Dieu que tous deux nous adorons, dis à cette âme chargée de douleur si, dans le Paradis lointain, elle pourra embrasser une fille sainte que les anges nomment Lénore, embrasser une précieuse et rayonnante fille que les anges nomment Lénore. » Le corbeau dit : « Jamais plus ! »

« Que cette parole soit le signal de notre séparation, oiseau ou démon ! – hurlai-je en me redressant. – Rentre dans la tempête, retourne au rivage de la nuit plutonienne ; ne laisse pas ici une seule plume noire comme souvenir du mensonge que ton âme a proféré ; laisse ma solitude inviolée ; quitte ce buste au-dessus de ma porte ; arrache ton bec de mon cœur et précipite ton spectre loin de ma porte ! » Le corbeau dit : « Jamais plus ! »

Et le corbeau, immuable, est toujours installé sur le buste pâle de Pallas, juste au-dessus de la porte de ma chambre ; et ses yeux ont toute la semblance des yeux d'un démon qui rêve ; et la lumière de la lampe, en ruisselant sur lui, projette son ombre sur le plancher ; et mon âme, hors du cercle de cette ombre qui gît flottante sur le plancher, ne pourra plus s'élever, – jamais plus !

52. **Fontaine romaine**

Le jet d'eau s'élance et retombant
Emplit la ronde vasque de marbre
Dont la surface se voile et déborde
Au fond d'une deuxième vasque
La deuxième devenue trop riche inonde
De son onde la troisième vasque
Chacune prend et donne à la fois
Son flux et son repos.

55. **Beauté diaprée**

Gloire à Dieu pour tout le bigarré :
Pour les cieux qui se jaspent comme vaches à tave-
lures,
Les grains roses en tacheture sur la truite qui nage,
Les jonchées de châtaignes en charbons de feu neuf,
les ailes de pinson,
Les paysages parcellés, morcelés – gagnage, friche,
labour –
Tous les métiers, leur outillage, leur équipage et
attirail.

Toute chose contreposée, originale, étrange, écartée,
Tout le changeant, le moucheté (qui sait comment ?)
De vif et lent, suave et sur, radieux, ombré,
Il en est source et Père en sa beauté immuable :
Faites-lui louange.

61. **Léda et le Cygne**

Un coup soudain : un grand battement d'ailes
Au-dessus de Léda ; lui caressant les cuisses
Entre ses pieds palmés, la nuque dans son bec,
Impuissante il la tient, le sein contre sa gorge.

Comment ces doigts perdus pourraient-ils repousser
La splendeur de l'oiseau de ces cuisses vaincues ?
Comment ce corps peut-il, en la blancheur fougueuse,
Ne pas sentir ce cœur étrange contre lui ?

Un frisson de ses reins engendre ici
La brèche dans le mur, la flamme dans le toit,
La mort d'Agamemnon.
De la sorte saisie,
Domptée ainsi par le sang brut des airs,
Est-ce qu'elle assuma son savoir et sa force
Avant qu'indifférent le bec ne la lâchât ?

62. **Quand vous serez bien vieille**

Quand vous serez bien vieille et grise, à l'heure où l'onde
Endormeuse survient le soir, prenez mes vers,
Lisez-les lentement, rêvez à la douceur
Qu'avaient vos yeux jadis, à leurs ombres profondes ;

À tous ceux qu'enchanta votre riante grâce,
À leur amour pour vous, sincère ou prétendu ;
Un seul aima l'élan de votre cœur tendu,
Et chérit les douleurs passant sur votre face.

Et, vous penchant vers l'âtre où la braise se voile,
Triste un peu, murmurez : comme l'amour a fui !
Ses pas se sont portés sur les monts dans la nuit,
Il a caché sa face en l'amas des étoiles.

63. **La Chanson d'Aengus l'errant**

Je me rendis au bois de coudres
Car un feu brûlait dans ma tête,
Coupai baguette, l'écorçai,
Mis une baie au bout d'un fil ;
Quand les phalènes s'envolèrent,
Que les phalènes des cieux s'éteignirent,
Je lâchai ma baie dans l'eau vive,
Et pris une truite argentée.

Quand je l'eus posée sur le sol
J'allai souffler, le feu flamba,
Un frôlement se fit entendre,
Et l'on m'appela par mon nom :
La truite était une fille radieuse
De fleurs de pommier couronnée ;
Criant mon nom elle s'enfuit
Et fondit dans le jour naissant.

J'ai vieilli sur les routes,
Par les monts et les vaux,
Mais je trouverai sa retraite ;
J'aurai ses lèvres et ses mains,
Je marcherai dans l'herbe longue
Et cueillerai jusqu'à la fin des temps
Les pommes d'argent de la lune
Et les pommes d'or du soleil.

64. **Il voudrait avoir les voiles du ciel**

Si j'avais les voiles brodés du ciel,
Ouvrés de lumière d'or et d'argent,
Les voiles bleus et pâles et sombres
De la nuit, de la lumière, de la pénombre,
J'étendrais ces voiles sous tes pas :
Mais moi qui suis pauvre n'ai que mes rêves ;
J'ai étendu mes rêves sous tes pas ;
Marche doucement car tu marches sur mes rêves.

66. **Tercets sur la mortalité**

Je sens encore son souffle sur mes joues :
Comment peut-il se faire que ces proches journées
Soient enfuies, à jamais, entièrement passées ?

C'est une chose que personne ne médite
Pleinement, bien trop cruelle pour qu'on se plaigne :
Que tout s'écoule et glisse et disparaît.

Et que mon propre Moi ait glissé, sans nul frein,
De moi-même depuis la prime enfance
Comme un chien inconnu et muet, inquiétant,

Et puis : qu'il y a cent ans, j'aie déjà été,
Et que mes aïeux, aujourd'hui dans leur linceul,
Me soient parents comme ma propre chevelure,

Si unis à moi que ma propre chevelure.

67. **Beaucoup doivent il est vrai mourir au fond**

Beaucoup doivent il est vrai mourir au fond,
Là où traînent les lourdes rames des navires,
D'autres habitent là-haut à côté de la barre,
Connaissent vol d'oiseau et continents d'étoiles.

Beaucoup gisent toujours avec des membres lourds
Près des racines de la vie confuse,
À d'autres des sibylles, des reines,
Qui trônent là comme chez eux,
Le chef léger, les mains légères.

Pourtant une ombre tombe de cette vie-là
Et passe dans les autres vies,
Et les légères vies sont attachées aux lourdes
Comme à l'air et comme à la terre :

Il est des fatigues de peuples entièrement oubliés
Que je ne peux faire tomber de mes paupières,
Et je ne peux tenir loin de mon âme effrayée
La chute muette des étoiles lointaines.

Beaucoup de destins tissent à côté du mien,
L'existence pêle-mêle les brouille,
Et ma part est plus que la svelte flamme
Ou que la lyre étroite de cette vie.

68. **Avant-printemps**

Il court, le vent du printemps,
Par les allées dénudées,
Dans son souffle passent
Des choses étranges.

Il s'est bercé là
Où quelqu'un pleurait,
Il s'est blotti dans
Des cheveux défaits.

Il a fait tomber
Les fleurs d'acacia,
Et fraîchi les membres
Brûlants en leur souffle.

Il a touché des
Lèvres en plein rire,
Pisté les campagnes
Suaves et vives.

Glissé dans la flûte
Son cri sanglotant,
Passé d'un coup d'aile
Le soir rougeoyant.

Il est passé silencieux
Dans les chambres murmurantes,

Éteignant sur le déclin
La lueur des lampes.

Il court, le vent du printemps,
Par les allées dénudées,
Dans son souffle passent
Des choses étranges.

Par les allées dénudées
Et lisses et froides
Son souffle fait avancer
Des ombres blafardes

Et l'odeur qu'il a
Apportée du lieu
D'où il est venu
Depuis la nuit d'hier.

69. **Ballade de la vie extérieure**

Et des enfants deviennent grands, les yeux profonds,
Et ignorants de tout, deviennent grands et meurent,
Et tous les hommes suivent leurs chemins.

Et des fruits sucrés naissent des fruits âpres
Et la nuit tombent au sol comme des oiseaux morts
Et restent peu de jours à terre puis pourrissent.

Et toujours le vent souffle et toujours nous
Entendons et disons des paroles nombreuses,
Et sentons et désir et fatigue des membres.

Et des routes s'en vont à travers l'herbe et il y a
Ici et là des lieux pleins de flambeaux, d'arbres,
d'étangs,
Et d'autres qui menacent, et mortellement secs…

Pourquoi ceux-là sont-ils construits ? et pourquoi ne
Se ressemblent-ils jamais ? et sont-ils innombrables ?
Et pourquoi rire alterne-t-il avec pleurer et puis
blêmir ?

Que nous sert tout cela et ces amusements
Pour nous qui sommes grands et seuls à tout jamais,
Voyageurs que nous sommes ne cherchant plus de
buts ?

Que nous sert d'avoir vu grand nombre de ces choses ?
Celui pourtant qui dit le « soir » en dit beaucoup,
C'est un mot d'où s'écoule tristesse et profondeur.

Comme un miel lourd gouttant des alvéoles creuses.

70. **Première élégie de Duino**

Qui, si je criais, qui donc entendrait mon cri parmi
les hiérarchies
des Anges ? Et cela serait-il, même, et que l'un d'eux
soudain
me prenne sur son cœur : trop forte serait sa présence
et j'y succomberais. Car le Beau n'est rien autre
que le commencement de terrible, qu'à peine à ce
degré
nous pouvons supporter encore ; et si nous l'admirons,
et tant, c'est qu'il dédaigne et laisse
de nous anéantir. Tout Ange est terrible.
Il me faut donc ainsi me retenir et ravaler en moi
l'obscur sanglot,
ce cri d'appel. Mais hélas ! vers qui se tourner ? à
qui donc,
mais à qui peut-on s'adresser ? À l'ange, non ! à
l'homme, non !
et les animaux pressentent et savent, dans leur
sagesse,
qu'on ne peut pas s'y fier : que nous n'habitons pas
vraiment chez nous
dans le monde interprété. Il nous reste peut-être
quelque arbre sur la pente, que nous puissions
chaque jour
aller voir de nouveau ; il nous reste le chemin d'hier
et la facilité attardée d'une habitude fidèle
qui se plut près de nous et ainsi demeura et ne partit
point.

Et la nuit, oh ! la Nuit ! quand le vent tout empli de l'espace des mondes
travaille et sculpte nos visages ; car à qui ne reste-t-elle pas,
désirée si passionnément, la nuit, doucement décevante et prodigue en douleurs,
qui se dresse, difficile, devant le cœur
de chacun. Aux amants, serait-elle moins sévère ?
Hélas ! ils se voilent seulement l'un à l'autre leur destin.
Ne le sais-tu pas encore ? Hors de tes bras jette le vide,
rejette-le dans ces grands espaces dont notre souffle vit ;
et que peut-être les oiseaux, de leur vol plus intime
en sentent l'air comme agrandi.
Oui certes, les printemps avaient besoin de toi. Et des étoiles
étaient là, qui attendaient ton regard. Se levant d'elle-même,
une vague arrivait du passé, venant vers toi, ou bien
alors que tu passais sous une fenêtre ouverte
quelque violon livrait là son secret. Et tout était mission.
Mais auras-tu toi-même été à sa hauteur ? N'étais-tu pas toujours
distrait encore par l'attente, comme si tout t'annonçait une bien-aimée,
présageait la venue d'une amante ? (Où donc veux-tu trouver en toi
une place, pour la recevoir, alors qu'étranges de grandes pensées
vont et viennent chez toi, et demeurent, souvent, avec la nuit ?)
Si l'angoisse, pourtant, de tout cela t'habite encore,
chante alors les Amantes ! car elle est loin

d'être assez immortelle, leur célèbre passion.
Chante-les !
– tu en es presque jaloux – celles qui furent délaissées,
dont tu trouvas l'amour plus grand, et tellement,
que celui des aimées, lequel fut satisfait. Recommence toujours,
à nouveau louange ; parfaite, elle ne fut jamais.
Penses-y :
le héros, lui, se survit et demeure ; sa chute même n'est pour lui
que le prétexte à exister : son ultime naissance.
Mais les Amantes ! La nature épuisée les reprend
en son sein, comme si elle n'avait la force
pas deux fois, d'un tel accomplissement. L'as-tu donc célébrée assez,
la mémoire de Gaspara Stampa, pour que la jeune femme
à qui échappa son amant, devant l'exemple immense d'une telle Amante,
pût s'émouvoir et souhaiter : je voudrais être comme elle ?
Et ces douleurs plus anciennes, ne faut-il pas qu'elles nous deviennent
plus fécondes enfin ? N'est-il pas temps que nous nous libérions,
en l'aimant, de l'aimé, et que, vibrants, nous lui résistions :
ainsi la flèche résistant à la corde de l'arc, sa force toute concentrée
dans l'élan, pour devenir plus qu'elle-même ?
Car demeurer, cela n'existe nulle part.

Des voix s'entendent, des voix. Écoute, mon cœur, comme autrefois

seuls écoutaient les saints : tellement que cet appel sans mesure
les soulevait du sol ; eux cependant restaient agenouillés,
ces faiseurs d'impossible, et n'y prêtaient nulle attention :
car c'est ainsi qu'ils écoutaient, écoutant. Oh ! ce n'est pas
que tu puisses toi-même supporter la voix de Dieu, loin de là !
Mais écoute la plainte des espaces, le message incessant, cet avertissement
sans fin qui se moule et se forme du silence. Maintenant monte
une rumeur vers toi, qui vient de tous ces jeunes morts.
Partout où tu entras, la parole silencieuse de leur destin, dans ces églises
de Rome ou de Naples, ne s'adressa-t-elle pas à toi ?
Ou bien, sublime, une inscription s'imposait à toi
comme sur cette dalle, l'autre jour, à Santa Maria Formosa...
– Ce qu'ils attendent de moi ? Que doucement j'enlève
cette apparence d'injustice, quelquefois, qui gêne un peu
leurs âmes en leur mouvement pur.

Il est étrange, sans doute, de ne plus habiter la terre ;
de ne plus suivre ces coutumes, qu'on vient d'apprendre à peine ;
et de ne donner plus aux roses, à d'autres choses en promesse,
la signification du devenir humain ; de n'être plus
ce qu'on avait été dans l'angoisse infinie des mains,
et puis d'abandonner jusqu'à son propre nom, tel un jouet brisé.
Étrange, de ne désirer plus les désirs. Étrange,

de voir tout ce que des rapports tenaient lié ensemble,
flottant si librement dans l'espace. Être mort
est un état pénible et plein de recommencements,
jusqu'à ce qu'on parvienne et qu'on pénètre un peu
l'éternité. Mais les vivants, tous commettent la faute
de faire de trop grandes différences.
Les Anges (dit-on) souvent ne savent pas s'ils passent
parmi des vivants ou des morts. Le courant de l'éternité
à travers les deux règnes entraîne tous les âges
avec soi, toujours, et les surpasse l'un et l'autre.

Ils n'ont donc plus besoin de nous, enfin, ceux qu'enleva la mort précoce :
doucement du terrestre on se déshabitue, ainsi que doucement on passe l'âge
où l'on a besoin du sein de la mère. Mais nous, à qui sont nécessaires
d'aussi graves secrets, nous pour qui le bienheureux progrès
naît si souvent du deuil : – pourrions-nous exister sans eux ?
La légende est-elle vaine, où jadis ce fut pour pleurer Linos
que la première audacieuse musique osa forcer l'aridité du néant ?
et qu'alors, dans l'espace effrayé d'où le jeune en vibration
et connut l'harmonie qui maintenant nous ravit, nous console et nous aide.

71. **Orphée. Eurydice. Hermès.**

C'étaient les mines enchantées des âmes.
Tels des minerais d'argent silencieux elles allaient
en filons à travers les ténèbres.
Le sang qui s'écoule vers les hommes jaillissait
   parmi les racines
il semblait dans l'obscurité lourd comme du porphyre.
Hors lui rien n'était rouge.

Il y avait là des rochers
et des forêts inhabitées. Ponts au-dessus du vide
et ce grand lac aveugle et gris,
suspendu au-dessus de ses fonds lointains
tel un ciel de pluie sur un paysage.
Entre les douces prairies si pleines de patience
on percevait la bande pâle de la route unique
comme une grande lessive qu'on eût mise à sécher.

Ce fut par ce chemin qu'ils arrivèrent.
En tête l'homme élancé dans le manteau bleu,
muet, précédé de son impatient regard.
Sans le mâcher, son pas dévorait à bouchées énormes
le chemin ; ses mains pendaient
lourdes et fermées entre les plis tombants
et n'avaient plus conscience de la lyre légère
qui était dans sa main gauche enracinée
comme une rose grimpante dans une branche d'olivier.
Ses sens étaient comme dédoublés :
son regard courait au-devant comme un chien,

et revenait, pour sans cesse à nouveau
se poster en attente très loin au tournant prochain, –
et son ouïe s'attardait comme une odeur.
Parfois il lui semblait que derrière lui
elle rejoignait les deux autres marcheurs
qui devaient le suivre dans toute cette montée.

De nouveau ce n'était que l'écho de ses pas
et le vent de son manteau qui le suivait.
Mais il se dit qu'ils allaient venir tout de même ;
il se le dit tout haut écoutant son écho.
Ils venaient sans doute, mais tous deux marchaient
avec une terrifiante douceur. S'il eût été permis
qu'il se retournât (si ce regard en arrière
n'eût signifié la ruine de toute l'œuvre déjà accomplie)
il eût pu les voir
les deux taciturnes qui suivaient en silence :

Le dieu de la marche et du message lointain,
le casque du voyage surmontant la clarté des yeux,
portant au-devant de son corps le fin caducée
et battant des ailes aux chevilles ;
et à sa main gauche : *elle.*

Celle qui fut tant aimée, qu'une lyre pour elle
fit entendre plus de plaintes que toutes les pleureuses
au point qu'un monde de plainte naquit,
un monde où tout fut recréé : vallées et forêts,
chemins et villages, champs et bêtes et fleuves ;
et qu'autour de ce monde de plaintes
comme autour de l'autre Terre, un soleil
et un ciel constellé silencieux tournaient,
un ciel de plaintes aux étoiles effarées – :
celle qui fut tant aimée.

Et elle, elle marchait au bras de ce dieu,
son pas entravé par les longs bandeaux des morts,
incertaine, douce, sans impatience.
Plongée en elle-même comme un très haut espoir
elle ne pensait point à l'homme qui marchait devant
elle
et non plus au chemin qui montait vers la vie.
Elle était en elle-même. Et sa mort
la remplissait comme une abondance.
Comme un fruit de douceur et de ténèbres,
elle était pleine de sa mort énorme
et neuve et ne comprenait rien.

Elle était dans une virginité nouvelle
et intouchable ; son sexe était clos
comme une jeune fleur au soir,
et ses mains tant déshabituées à s'unir à d'autres
que le toucher même infiniment doux
du plus léger des dieux qui la conduisait
lui pesait comme un geste trop familier.

Elle n'était plus cette jeune femme blonde,
entrée jadis dans les chants du poète,
non plus le parfum du lit large ni son île
ni la possession de cet homme.

Elle était dissoute déjà comme une longue chevelure
donnée comme une pluie déjà tombée
et distribuée comme des réserves abondantes.

Déjà elle était racine.

Lorsque soudain le dieu la retint et douloureusement
prononça les paroles : Il s'est retourné –,
elle ne comprit pas et dit tout bas : *Qui ?*

Au loin cependant, sombre dans l'issue claire
se tenait quelqu'un dont le visage
restait obscur. Il se tenait là debout et regardait
comment sur la bande étroite d'un sentier de prairie
le dieu du message le regard douloureux
se retournait en silence pour suivre,
celle qui déjà reprenait le chemin
entravée par les longues bandelettes des morts,
incertaine, douce, sans impatience.

72. **La Panthère**

Au Jardin des Plantes, Paris

Son regard, à force d'user les barreaux
s'est tant épuisé qu'il ne retient plus rien.
Il lui semble que le monde est fait
de milliers de barreaux et au-delà rien.

La démarche feutrée aux pas souples et forts,
elle tourne en rond dans un cercle étroit,
c'est comme une danse de forces autour d'un centre
où se tient engourdie une volonté puissante.

Parfois se lève le rideau des pupilles
sans bruit. Une image y pénètre,
parcourt le silence tendu des membres
et arrivant au cœur, s'évanouit.

73. **Léda**

Lorsque le dieu dans sa détresse pénétra
le cygne, il s'effraya de le trouver si beau ;
dans son désarroi il fondit en lui.
Mais sa ruse déjà le poussait à l'action

avant d'avoir tenté les sentiments d'une existence
non encore mise à l'épreuve. La femme, ouverte,
reconnaissait déjà qui venait dans le cygne,
savait déjà : il voulait une chose

que dans le désarroi de son refus
elle ne pouvait plus celer. Il descendit
et, son col ondulant dans la main faiblissante,

le dieu s'épandit dans l'amante.
Ce n'est qu'alors qu'il jouit de son plumage,
ce n'est que dans son sein qu'il devint vraiment cygne.

74. **Les Rois mages**

En ce temps-là, quand à l'orée des déserts
s'ouvrit la main du Seigneur
comme un fruit où l'été
annonce le noyau,
il y eut un prodige : de loin
se reconnurent et se saluèrent
trois Rois et une étoile.

Trois Rois d'En-Chemin
et l'étoile Partout
qui faisaient route (songe un peu :)
Rex à droite et *Rex* à gauche
vers la paix d'une étable.

Et combien de présents avaient-ils emportés
pour l'étable de Bethléem !
À chaque pas, leur entrechoc tintait au loin.
Celui qui chevauchait un moreau
siégeait à l'aise sur le velours.
Celui qui marchait à sa droite
était un homme couvert d'or,
l'autre, à sa gauche, qui tenait
bringuebalante
et tintinnabulante
une chose ronde en argent
se balançant au bout d'anneaux,
commençait à fumer tout bleu.
Alors l'étoile Partout

eut à les voir un rire étrange,
courut au-devant d'eux, s'arrêta à l'étable
et dit à Marie :

« J'amène là des pèlerins
de plusieurs terres étrangères.
Trois Rois suzerains
tout chargés d'or et de topazes,
sombres, taciturnes et païens.
– Ne t'effraie pas trop –
Tous trois dans leur patrie
ont douze filles et point de fils,
aussi viennent-ils quémander le tien,
qu'il soit soleil de leur azur
et consolation pour leur trône.
Ne crois pas pour autant qu'être
prince fastueux ou cheik chez les païens
soit le lot de ton Fils.
Mais songe que leur chemin fut long.
Ils ont marché longtemps, pareils à des bergers ;
dans l'intervalle leur royaume
a chu, mûr, Dieu sait dans quel giron !
Et tandis qu'ici, chaud comme un vent d'ouest,
le souffle du bœuf leur embue l'oreille,
peut-être sont-ils déjà tous pauvres
et comme presque décapités.
Que ton sourire éclaire donc
le bloc de confusion qu'ils forment,
et toi, tourne ta face
vers le Levant, avec ton enfant :
c'est là que sur des lignes bleues se trouve
ce que chacun d'eux a quitté pour toi :
les terres de Smaragda et de Rubinie
et les vallées de Turquis. »

75. **Mélusine**

Ô Guy de Lusignan, je le vois à ton air,
Tu te veux malheureux ! Homme, que me veux-tu ?
Tu veux de moi ce que donner ne puis,
Je ne saisis pas les tourments inguérissables dont tu brûles,
Je ne perçois que les gestes, inconsolable enfant de la Terre
Je suis telle que tu me connais
L'objet de ton désir ne vit pas derrière moi
Si tu commences à vouloir t'en saisir
Tu saisirais un fantôme.
O Lusignan, c'est toute la volupté dont tu te priverais
Où est-ce donc où tu aurais encore à m'explorer ?
Où donc fleurit en moi la bouche que tu n'as pas baisée
Où t'ai-je refusé, pour t'y rafraîchir en moi un giron plus sauvage
Que ce giron fiévreux
Où des seins plus tièdes que ceux-ci dont la tiédeur baigne ton corps
Guy, laisse-moi repartir
M'éloigner de mes plaisirs, de tes tourments,
Retrouver mon antique destin.
Mais ne dis pas volupté, ne dis pas qu'elle est grande !
Nul chemin vers moi ne va au plus profond
Que lèvres contre lèvres, bouche à bouche,
Ne vont à plus profond que chutes de pierres sourdes dans mes mers
J'y habite des milliers d'heures et rien n'advient autour

Je suis un gouffre du monde et l'ai été bien avant
votre alliance.
Puisses-tu une fois encore être attiré vers moi
Alors tu étais vif et rouge et sain,
À présent tu es pâle et blanc comme le lin
Parce que tu m'aimes et que je ne t'aime pas ;
Ô Guy de Lusignan, je le vois à ton air
Tu as des sanglots plein la gorge.
Homme, va à confesse ! Je n'ai pas cela
Qui peut te consoler. Semblable à un joyau des mers
Tu m'as pêchée vers toi et moi j'ai recueilli
Ton feu vital dedans ma froide emprise.
Voilà tout ce que je sais, pourquoi me tourmenter ?
Ô Guy de Lusignan, je ne donne à personne
Ce que je te refuse. Seuls mon corps et ma bouche
je les offre à chacun
En cadeau pour qu'il me parle de toi.
Nul autre peut-être ne remarque ce qui me manque
Ni ton pêcheur, ni le chasseur sous l'ombrage ;
Ô Guy de Lusignan, n'en meure pas :
Je n'ai pas d'âme, moi.

FRANZ HESSEL (NÉ EN 1880)

76. **Rouge feuillage**

Vint le printemps rapide comme un vol de nuages
Son fin scintillement ne me suffisait pas

Puis vint l'été, abondant et fiévreux
Timide, j'eus recours à la fraîcheur de l'ombre

Voilà qu'automne répand ses feuilles sur mon seuil.
Comment donc as-tu su, compagnon mélancolique,
En conjuguant la peine et la splendeur
Te donner, nous donner cette fin aux mille couleurs.

87. **Musée des Beaux-Arts**

Sur la souffrance, ils ne se trompaient jamais,
Les Vieux Maîtres : comme ils comprenaient bien
Sa place dans la vie humaine, et qu'elle se produit
Pendant que quelqu'un d'autre est en train de manger
ou d'ouvrir une fenêtre ou de passer avec
indifférence ;
Et, tandis que les vieux attendent pieusement,
passionnément,
La naissance miraculeuse, qu'il faut toujours qu'il
se trouve
Des enfants qui ne souhaitaient pas spécialement
qu'elle arrive en train de patiner
Sur un étang au bord de la forêt.

Ils n'oubliaient jamais
Que même l'horrible martyre doit suivre son cours
N'importe comment, dans un coin, quelque lieu en
désordre
Où les chiens continuent à mener leur vie de chiens,
et le cheval du tortionnaire
Frotte son innocent derrière contre un arbre.

Dans l'Icare de Bruegel, par exemple : comme tout
se détourne
De la catastrophe sans se presser ; le laboureur a pu
entendre
Le floc dans l'eau, le cri de désespoir,

Mais pour lui ce n'était pas un échec important ; le
soleil brillait
Comme il devait sur la blancheur des jambes
disparaissant dans l'eau verte,
Et le coûteux, le délicat navire qui avait dû voir
Quelque chose de stupéfiant, un garçon précipité
du ciel,
Avait quelque part où aller et poursuivait
tranquillement sa course.

Remerciements

Ai-je mérité l'amicale confiance de Laure Adler sans laquelle ce pari trilingue n'aurait pu être tenu ? Je lui dois la gratitude d'un admirateur et d'un allié dans le combat pour une culture européenne, riche des émotions poétiques qui inspirent ses langues complémentaires. Je remercie aussi mes informatrices diligentes, Roseli Bontjes van Beek et Pauline Hessel, la cadette de mes petites-filles. À Christian Planque je suis redevable d'heures de méditations forestières. J'ai trouvé en Sophie Lhuillier la patiente et ingénieuse architecte qui a facilité l'accès du lecteur à tout ce qui raconte et à tout ce qui rime, et en Philippe Blaizot l'œil à quoi rien n'échappe. Merci.

Sources des traductions

Wystan Hugh Auden, *Poésies choisies*, Gallimard, 2005 : « Musée des beaux-arts », traduction de Jean Lambert.

Rudolf Borchardt, « Mélusine », traduction inédite de Stéphane Hessel

Samuel Taylor Coleridge, *Vingt-cinq poèmes*, Aubier-Montaigne, coll. « Bilingue », s.d. : « Koubla Khân », traduction de Germain d'Hangest.

Joseph Freiherr von Eichendorff, *Dernier retour*, La Différence, coll. « Orphée », 1989 : « Nuit de lune », traduction de Philippe Giraudon.

Johann Wolfgang von Goethe, *Anthologie bilingue de la poésie allemande*, Gallimard, coll. « Bibliothèque de la Pléiade », 1993 : « Chant de nuit du voyageur », traduction de Jean-Pierre Lefebvre.

Franz Hessel, « Rouge feuillage », traduction inédite de Stéphane Hessel.

Hugo von Hofmannsthal, *Anthologie bilingue de la poésie allemande, op. cit.* : « Tercets sur la fuite du temps », traduction de Jean-Pierre Lefebvre ; « Beaucoup doivent il est vrai mourir au fond », traduction de Jean-Pierre Lefebvre ; « Avant-printemps », traduction de Jean-Pierre Lefebvre ; « Ballade de la vie extérieure », traduction de Jean-Pierre Lefebvre.

Friedrich HÖLDERLIN, *Anthologie bilingue de la poésie allemande*, *op. cit.* : « Chant du destin d'Hypérion », traduction de Philippe Jaccottet ; « Enfance », traduction de Jean-Pierre Lefebvre ; « La Moitié de la vie », traduction de Jean-Pierre Lefebvre. – *Poèmes / Gedichte*, Aubier-Montaigne, coll. « Bilingue », 1943 : « Au matin », traduction de Geneviève Bianquis ; « Le Cours de la vie », traduction de Geneviève Bianquis.

Gerard Manley HOPKINS, *Le Naufrage du Deutschland*, La Différence, coll. « Orphée », 1991 : « Beauté diaprée », traduction de René Gallet.

John KEATS, *Poèmes et poésies*, Gallimard, 1996 : « La Belle Dame sans merci », traduction de Paul Gallimard ; « Ode à un rossignol », traduction de Paul Gallimard ; « Ode sur une urne grecque », traduction de Paul Gallimard ; « Sonnet », traduction de Paul Gallimard. – *Seul dans la splendeur*, La Différence, coll. « Orphée », 1990 : « À l'automne », traduction de Robert Davreu ; « Sur l'*Homère* de Chapman », traduction de Robert Davreu ; « Dernier Sonnet », traduction de Robert Davreu.

Andrew MARVELL, *Les Yeux et les Larmes et autres poèmes*, La Différence, coll. « Orphée », 1994 : « À sa pudique maîtresse », traduction de Gérard Gacon.

Conrad Ferdinand MEYER, « Fontaine romaine », traduction inédite de Stéphane Hessel.

Eduard MÖRIKE, *Anthologie bilingue de la poésie allemande*, *op. cit.* : « Mon âme, songes-y ! », traduction de Jean-Pierre Lefebvre.

August Wilhelm von PLATEN, *Anthologie bilingue de la poésie allemande*, *op. cit.* : « Tristan », traduction de Jean-Pierre Lefebvre. – *Sonnets d'amour et sonnets vénitiens*, La Différence, coll. « Orphée », 1993 ; « Pindare », traduction de Dominique Le Buhan et Eryck De Rubercy. – « Ghazal I » et « Ghazal II », traductions inédites de Stéphane Hessel.

Edgar Allan POE : « Stances à Hélène », traduction de Stéphane Mallarmé ; « Le Corbeau », traduction de Charles Baudelaire.

Rainer Maria RILKE, *Œuvres complètes*, vol. 2, *Poésie*, Éditions du Seuil, 1972 : « Première élégie », traduction d'Armel Guerne ; « Orphée. Eurydice. Hermès. », traduction de Lorand Gaspar ; « La Panthère », traduction de Lorand Gaspar ; « Léda », traduction de Jacques Legrand. – *Œuvres poétiques et théâtrales*, Gallimard, coll. « Bibliothèque de la Pléiade », 1997 : « Les Rois mages », traduction de Jean-Claude Crespy.

William SHAKESPEARE, *Œuvres complètes*, Gallimard, coll. « Bibliothèque de la Pléiade », 1959 : *Jules César*, traduction d'Edmond Fleg ; *La Tragique Histoire d'Hamlet*, traduction d'André Gide ; *La Tragédie de Macbeth*, traduction de Maurice Maeterlinck ; *Sonnets* nos 27, 29, 65, 71 et 116, traduction de Jean Fuzier.

William Butler YEATS, *Choix de poèmes*, Aubier-Montaigne, coll. « Bilingue », 1975, 1989 : « Léda et le Cygne », traduction de René Fréchet ; « Quand vous serez bien vieille », traduction de René Fréchet ; « La Chanson d'Aengus l'errant », traduction de René Fréchet. – *Cinquante et un poèmes*, William Blake and Co., 1989 : « Il voudrait avoir les voiles du ciel », traduction de Jean Briat.

7. Julius Cesar, Acte III, sc. 2, © Gallimard pour la traduction française.
8. Hamlet, Acte III, sc. 1, © Gallimard pour la traduction française.
9. Macbeth, Acte V, sc. 5, © Gallimard pour la traduction française.
10. Sonnet n° 27, © Gallimard pour la traduction française.
11. Sonnet n° 29, © Gallimard pour la traduction française.
12. Sonnet n° 65, © Gallimard pour la traduction française.
13. Sonnet n° 71, © Gallimard pour la traduction française.
14. Sonnet n° 116, © Gallimard pour la traduction française.
16. À sa pudique maîtresse, © La Différence pour la traduction française.
17. Chant nocturne du voyageur, © Gallimard pour la traduction française.
18. Chant du destin d'Hypérion, © Gallimard pour la traduction française.
19. Au matin, © Aubier-Montaigne/Flammarion pour la traduction française.
20. Le Cours de la vie, © Aubier-Montaigne/Flammarion pour la traduction française.
21. Enfance, © Gallimard pour la traduction française.

22. La Moitié de la vie, © Gallimard pour la traduction française.
23. La Ballade de Kubla Khan, © Aubier-Montaigne/Flammarion pour la traduction française.
24. Nuit de lune, © La Différence pour la traduction française.
25. Ode à un rossignol, © Gallimard pour la traduction française.
26. Ode sur une urne grecque, © Gallimard pour la traduction française.
27. À l'automne, © La Différence pour la traduction française.
28. La Belle Dame sans merci, © Gallimard pour la traduction française.
29. Après m'être plongé pour la première fois dans l'Homère de Chapman, © La Différence pour la traduction française.
30. Sonnet, © Gallimard pour la traduction française.
31. Dernier Sonnet, © La Différence pour la traduction française.
32. Tristan, © Gallimard pour la traduction française.
33. Deux ghazals, traduction inédite de Stéphane Hessel, © Seuil.
34. Pindare, © La Différence pour la traduction française.
38. Mon âme, songes-y !, © Gallimard pour la traduction française.
52. Fontaine romaine, traduction inédite de Stéphane Hessel, © Seuil pour la traduction française.
55. Beauté diaprée, © La Différence pour la traduction française.
61. Léda et le Cygne, © Aubier-Montaigne/Flammarion pour la traduction française.
62. Quand vous serez bien vieille, © Aubier-Montaigne/Flammarion pour la traduction française.
63. La Chanson d'Aengus l'errant, © Aubier-Montaigne/Flammarion pour la traduction française.

64. Il voudrait avoir les voiles du ciel, © William Blake and Co pour la traduction française.
65. Le Cimetière marin, © Gallimard.
66. Tercets sur la mortalité, © Gallimard pour la traduction française.
67. Beaucoup doivent il est vrai mourir au fond, © Gallimard pour la traduction française.
68. Avant-printemps, © Gallimard pour la traduction française.
69. Ballade de la vie extérieure, © Gallimard pour la traduction française.
70. Première Élégie, © Seuil pour la traduction française.
71. Orphée. Eurydice. Hermès, © Seuil pour la traduction française.
72. La Panthère, © Seuil pour la traduction française.
73. Léda, © Seuil pour la traduction française.
74. Les Rois mages, © Gallimard pour la traduction française.
75. Mélusine, traduction inédite de Stéphane Hessel, © Seuil.
76. Rouge feuillage, traduction inédite de Stéphane Hessel, © Seuil.
77. La Chanson du mal-aimé, © Gallimard.
78. Le Pont Mirabeau, © Gallimard.
79. Les Colchiques, © Gallimard.
80. L'Émigrant de Landor Road, © Gallimard.
81. La Jolie Rousse, © Gallimard.
82. Automne, © Gallimard.
83. Marie, © Gallimard.
84. La Tzigane, © Gallimard.
85. J'ai cueilli ce brin de bruyère, © Gallimard.
86. Si tu t'imagines, © Gallimard pour la traduction française.
87. Musée des Beaux-Arts, © Gallimard pour la traduction française et © La Nouvelle Agence pour la version anglaise.
88. La Chanson de l'échanson muet, © Christian Planque.

TABLE

La poésie, ma nécessité
par Stéphane Hessel

*

Trilingologie poétique

Correspondance en français des poèmes anglais et allemands

RÉALISATION : IGS-CP À L'ISLE-D'ESPAGNAC
IMPRESSION : NORMANDIE ROTO S.A.S. À LONRAI
DÉPÔT LÉGAL : MAI 2011. Nº 105121 (111423)
Imprimé en France

Collection Points Poésie

P1446. Œuvre poétique, *Léopold Sédar Senghor*
P1447. Cadastre, *suivi de* Moi, laminaire…, *Aimé Césaire*
P1448. La Terre vaine et autres poèmes, *Thomas Stearns Eliot*
P1449. Le Reste du voyage et autres poèmes, *Bernard Noël*
P1450. Haïkus, *anthologie*
P1466. Élégies de Duino *suivi de* Sonnets à Orphée
Rainer Maria Rilke
P1467. Rilke, *Philippe Jaccottet*
P1502. Mexico City Blues, *Jack Kerouac*
P1503. Poésie verticale, *Roberto Juarroz*
P1572. Renverse du souffle, *Paul Celan*
P1573. Pour un tombeau d'Anatole, *Stéphane Mallarmé*
P1574. 95 poèmes, *E. E. Cummings*
P1615. Clair-obscur, *Jean Cocteau*
P1651. Poèmes païens de Alberto Caeiro et Ricardo Reis
Fernando Pessoa
P1652. La Rose de personne, *Paul Celan*
P1653. Caisse claire, poèmes 1990-1997, *Antoine Emaz*
P1664. Le Dehors et le Dedans, *Nicolas Bouvier*
P1665. Partition rouge
Poèmes et chants des Indiens d'Amérique du Nord
Jacques Roubaud, Florence Delay
P1709. Les Pierres du temps et autres poèmes
Tahar Ben Jelloun
P1710. René Char, *Éric Marty*
P1773. Asphodèle *suivi de* Tableaux d'après Bruegel
William Carlos Williams
P1774. Poésie espagnole 1945-1990 (anthologie)
Claude de Frayssinet
P1791. Poèmes et Proses, *Gerard Manley Hopkins*
P1792. Lieu-dit l'éternité, poèmes choisis, *Emily Dickinson*

P1871. Romancero gitan, *Federico García Lorca*
P1872. La Vitesse foudroyante du passé, *Raymond Carver*
P1873. Ferrements et autres poèmes, *Aimé Césaire*
P1876. À poèmes ouverts, *Anthologie Printemps des poètes*
P1881. Grille de parole, *Paul Celan*
P1882. Nouveaux poèmes *suivi de* Requiem, *Rainer Maria Rilke*
P1923. Ce monde est mon partage et celui du démon
Dylan Thomas
P1928. Anthologie de poésie érotique, *Jean-Paul Goujon (dir.)*
P1999. Poésies libres, *Guillaume Apollinaire*
P2009. De l'aube au crépuscule, *Rabindranath Tagore*
P2032. Le Sable et l'Écume et autres poèmes, *Khalil Gibran*
P2033. La Rose et autres poèmes, *William Butler Yeats*
P2074. Poèmes d'amour de l'Andalousie à la mer Rouge.
Poésie amoureuse hébraïque, *Anthologie*
P2075. Quand j'écris je t'aime
suivi de Le Prolifique et Le Dévoreur
W.H. Auden
P2097. Anthologie de la poésie mexicaine, *Claude Beausoleil*
P2098. Les Yeux du dragon, petits poèmes chinois, *Anthologie*
P2099. Seul dans la splendeur, *John Keats*
P2100. Beaux Présents, Belles Absentes, *Georges Pérec*
P2234. Anthologie. Poésie des troubadours,
Henri Gougaud (dir.)
P2235. Chacun vient avec son silence. Poèmes choisis
Jean Cayrol
P2320. Anthologie de la poésie africaine.
Six poètes d'Afrique francophones
Alain Mabanckou (dir.)
P2343. Anthologie. Du rouge aux lèvres, *Haïjins japonaises*
P2344. L'aurore en fuite. Poèmes choisis
Marceline Desbordes-Valmore
P2437. Jardin de poèmes enfantins, *Robert Louis Stevenson*
P2473. Si j'étais femme. Poèmes choisis
Alfred de Musset
P2606. Ode au vent d'Ouest. Adonaïs et autres poèmes
Percy Bysshe Shelley
P2621. Poèmes anglais, *Fernando Pessoa*
P2628. Ô ma mémoire. La poésie, ma nécessité, *Stéphane Hessel*
P2649. La Lune et moi. Les plus beaux haïkus de la revue Ashibi
Dominique Chipot et Makomoto Kemmoku

DERNIERS TITRES PARUS

P2602. Orages ordinaires, *William Boyd*
P2603. Guide farfelu mais nécessaire de conversation anglaise *Jean-Loup Chiflet*
P2604. Nuit et Jour, *Virginia Woolf*
P2605. Trois hommes dans un bateau (sans oublier le chien !) *Jerome K. Jerome*
P2606. Ode au vent d'Ouest. Adonaïs et autres poèmes *Percy Bysshe Shelley*
P2607. Les Courants fourbes du lac Tai, *Qiu Xiaolong*
P2608. Le Poisson mouillé, *Volker Kutscher*
P2609. Faux et usage de faux, *Elvin Post*
P2610. L'Angoisse de la première phrase, *Bernard Quiriny*
P2611. Absolument dé-bor-dée !, *Zoe Shepard*
P2612. Meurtre et Obsession, *Jonathan Kellerman*
P2613. Sahara, *Luis Leante*
P2614. La Passerelle, *Lorrie Moore*
P2615. Le Territoire des barbares, *Rosa Montero*
P2616. Petits Meurtres entre camarades. Enquête secrète au cœur du PS, *David Revault d'Allonnes*
P2617. Une année avec mon père, *Geneviève Brisac*
P2618. La Traversée des fleuves. Autobiographie *Georges-Arthur Goldschmidt*
P2619. L'Histoire très ordinaire de Rachel Dupree *Ann Weisgarber*
P2620. À la queue leu leu. Origines d'une ribambelle d'expressions populaires, *Gilles Guilleron*
P2621. Poèmes anglais, *Fernando Pessoa*
P2622. Danse avec le siècle, *Stéphane Hessel*
P2623. L'Épouvantail, *Michael Connelly*
P2624. London Boulevard, *Ken Bruen*
P2625. Omar m'a tuer (Pourquoi moi ?), *Omar Raddad*

P2626. Mes étoiles noires, *Lilian Thuram*
P2627. La Ronde des innocents, *Valentin Musso*
P2628. Ô ma mémoire. La poésie, ma nécessité
Stéphane Hessel
P2629. Une vie à brûler, *James Salter*
P2630. Léger, humain, pardonnable, *Martin Provost*
P2631. Lune captive dans un œil mort, *Pascal Garnier*
P2632. Hypothermie, *Arnaldur Indridason*
P2633. La Nuit de Tomahawk, *Michael Koryta*
P2634. Les Raisons du doute, *Gianrico Carofiglio*
P2635. Les Hommes-couleurs, *Cloé Korman*
P2636. Le Cuisinier, *Martin Suter*
P2637. N'exagérons rien !, *David Sedaris*
P2638. Château-l'Arnaque, *Peter Mayle*
P2639. Le Roman de Bergen. 1900 L'aube, tome I
Gunnar Staalesen
P2640. Aurora, Kentucky, *Carolyn D. Wall*
P2641. Blanc sur noir, *Kriss Nelscott*
P2642. Via Vaticana, *Igal Shamir*
P2643. Le Ruban rouge, *Carmen Posadas*
P2644. My First Sony, *Benny Barbash*
P2645. « On m'a demandé de vous virer », *Stéphane Guillon*
P2646. Les Rillettes de Proust ou 50 conseils pour devenir écrivain,
Thierry Maugenest
P2647. 200 expressions inventées en famille, *Cookie Allez*
P2648. Au plaisir des mots, *Claude Duneton*
P2649. La Lune et moi. Les plus beaux haïkus de la revue Ashibi,
Dominique Chipot et Makomoto Kemmoku
P2650. Le marchand de sable va passer, *Andrew Pyper*
P2651. Lutte et aime, là où tu es !, *Guy Gilbert*
P2652. Le Sari rose, *Javier Moro*
P2653. Le Roman de Bergen. 1900 L'aube, tome II
Gunnar Staalesen
P2654. Jaune de Naples, *Jean-Paul Desprat*
P2655. Mère Russie, *Robert Littell*
P2656. Qui a tué Arlozoroff ?, *Tobie Nathan*
P2657. Les Enfants de Las Vegas, *Charles Bock*
P2658. Le Prédateur, *C.J. Box*
P2659. Keller en cavale, *Lawrence Block*
P2660. Les Murmures des morts, *Simon Beckett*
P2661. Les Veuves d'Eastwick, *John Updike*
P2662. L'Incertain, *Virginie Ollagnier*
P2663. La Banque. Comment Goldman Sachs dirige le monde
Marc Roche
P2664. La Plus Belle Histoire de la liberté, *collectif*